MINGUO
TONGSU XIAOSHUO DIANCANG WENKU

民国通俗小说
典藏文库

耿郁溪 卷

望海潮 红叶谱

耿郁溪

中国文史出版社

目　录

望　海　潮

红　叶　谱

望 海 潮

第一章　一 剪 梅

　　人们的性格，各不相同，但大致都差不多，也有差别很远的，那多是一种病态吧。按照行为心理学来说，这种种性格的不同，都是外界刺激的反应。比方我们这位好朋友马湖马先生，他的性格，完全是受社会上种种磨炼而成的。他的本性如何，是无法考究了，或者连他自己都马虎地忘记了，不过我们可以相信他本性绝不像现在这样。他现在是非常马虎的人，这马虎与颟顸不同，颟顸是马虎加上懒。对于什么事又马虎又懒，就是颟顸。马字同懒字反切而成颟，虎字同懒字反切而成顸。马湖先生并不懒，不但不懒，而且还特别勤劳，因为特别勤劳，于是精神消耗过多，脑力用得过于疲乏，于是也就马虎起来。因为马虎，所以就更用脑力过度，唯恐遗忘，所以也就越发马虎起来，这是互为因果的。在一个集会的场合里，如有两个或两个以上的新识朋友，他的脑子便不够用了。虽然他极力强记，姓名未忘，结果还是把张三认作李四，对李四叫张先生。倘若人家告诉他认识错误时，他便脸红脖子粗，非常不好意思。他时常恨自己的记忆力太坏，其实这不是记忆力太坏，而是注意力太差，因为什么注意力太差呢？就因为他把脑力用得过疲了。

　　因为什么把脑力用得过疲了呢？就因为在这生活重压之下，一

3

方面忧虑自己的生活，一方面忧虑自己的地位。他唯恐失业无以自活，他极力想法应付各方面的同事，又极力要表现他的能干与耐劳，渐渐他脑力衰弱了。同事遂给他起了两个外号，一个是在他的名字上添一落字叫他落马湖，一个外号叫马后炮。马后炮在象棋里是很厉害的一着，但他之所谓马后炮，是说他办事，往往在事后才想出许多办法来，那不是白搭吗？

这天，他的同事结婚，他是介绍人，前好些日子便把"介绍人致颂词"的颂词预备出来，背了几天，还是背不下来。他写在一张纸上，他想如果背不下来，到时候把纸条掏出来念，也就成了，现在大人物讲演，不都起好了稿子念吗？这天早晨起来，他便准备应穿的衣服、应带的东西，衣服穿好了，照照镜子，马褂也穿上了，裤子更不会忘记穿的。应带的是手表、颂词的纸条、怀中笔记本、自来水钢笔。临走的时候，才想起居住证还在夹袍兜儿里，于是又拿了居住证。站在院子里想了又想，似乎是没有什么可带的了，应带的全都带着，他又一件一件地数过，确实不短，遂走了出来。而心里总还觉得落下一件什么东西忘记带着似的，想了想，实在没有了，这才放心走到饭庄子。这一条街上，有好几个饭庄都在办喜事，门口都悬绸挂彩，停着马车，他忘记是哪个饭庄子了，这可糟心，忘了多看看请帖。好在饭庄子门前都贴着红帖儿，上面写着"某宅喜事"。

他的朋友姓丁，如果看见"丁宅喜事"的纸条，那就没错儿。可是他又多了一番顾虑，万一有两家姓丁的办喜事怎么办呢？所以还是先转一过吧，假如只有一家姓丁的办喜事，那就没错儿了。他一边想着一边走过一家饭庄子，走过去之后，才想起没有看看那红条上写的谁家喜事，但想着已经走过来了，回头再说吧。

他刚继续走，忽然听见后边有人叫道："老马！"

马湖回身一看，是同事白达，连忙作揖道："白兄，出份子吗？"

白达道："是呀，你上哪儿去？"

马湖道："我也出份子呀。"

白达道："那你走过去了，不是这里吗？"

马湖脸红道："我知道，我到那边买点东西，你先进去吧，我就到。"

白达进到饭庄子，马湖又在街上绕了一个弯儿，这才进到饭庄，果然里面写着丁宅喜事。进到喜棚里面，不管识与不识，一路作揖行礼。他想礼多人不怪，不认识多给人作个揖没关系，若是认识而不招呼，那才不合适。同事来了很多，正在畅谈时局问题，他也加入谈天，谈什么又谈不上来，谈十句倒忘了九句，什么什么湾，什么什么岛，一切都拿"什么什么"代表，好在他一说到什么湾，人家也就知道是什么湾。

这时有个生朋友，白达给马湖介绍道："这位是宋明中宋大夫，家传的儒医。"

马湖怕记不清楚，连忙掏出自己的片子，和宋明中互相换了，他又拿着宋明中的名片再三看了看，"宋明中大夫"，这回记住了，把名片装在兜里。

这时来宾越来越多，拥拥挤挤，马湖的四围都挤满了人。有的吸着纸烟，互相问候，有的作揖鞠躬，来来往往。马湖面前又换了好多人，看着都很面熟，认不清哪一个是宋明中了。这回名字倒是记着呢，可是人却忘了。看着谁都像宋明中，忘记方才宋明中穿的是什么衣服了。好在喜棚里都是跟主人有关系的，即或不认识，也总算是朋友。

这时他看见左边那人，以为一定是宋明中了，于是对他说道："您这几天门诊很忙吧？"

那人听了一怔，不知怎么答好，幸而他聪明，知道这位先生认错了人，在这种场合里，认错了人是常有的事，遂把自己的名片递给马湖。马湖一看，才知道这人不是宋明中，他叫贾得财，是一个商人，三十几岁，戴着小瓜帽，满脸的铜臭气。

马湖收了他的名片，又把自己的名片给了。贾得财看了看，说道："久仰久仰，您的门诊很忙吗？"

马湖一听，不对。方才自己问的是他，这回他又拿这句问自己，这简直是开玩笑，他有意讥讽自己呀。想了想，说道："我不是大夫。"

贾得财道："您不是宋大夫吗？"

马湖笑道："没想到我认错了人，您也会认错了人。"

贾得财又把名片退给他道："您看，这不是您的名片吗？"

马湖接过一看，才知道自己拿错了名片，把方才收的宋明中的名片当作自己的名片送出去了。这真够马虎的，怎么方才不看一看呢？他连忙接了过来，又换给一张，看了看，这回的确是自己的了。他道："我一慌，把别人的片子递出去了。"说着，他先笑起来，别人也就跟着他笑。

笑了一阵，把贾得财的名字又忘了，背着人又掏出名片来看了看，这才又想起来。这时花车已然临门，外面乐鼓喧天，立刻一阵大乱。马湖不知怎么好了，把介绍人颂词拿出来，念了念，自己也不知道念的是什么，心里挺乱。来宾都兴奋起来，到厨房找小米。这时有人喊道："节约的时期，大家要爱惜食粮，不要用小米了！"有的抓了一包胡椒末，往人群里一吹，人人都打起喷嚏来。有的用豆子沙子来打新郎新妇，在这个场合，充分表现人类的残酷和嫉妒的心理。马湖也闻了一鼻子胡椒末，鼻子直发酸。

新郎穿着礼服，由伴郎伴着，在前边走，新娘子由伴娘扶着，随在后面，走在红毡子上，后面乐队吹着婚礼进行曲。新娘子被蒙头纱和手里的鲜花遮着脸，大家都想知道她是如何的美貌，但总看不见。大家前前后后，左左右右，都观看新娘子，一边起着哄，一边和新郎官开玩笑。新郎官得意洋洋，来到休息室，大家也暂时休息。又全把马湖围上，问马湖新娘子漂亮不漂亮，她是哪个学校的高才生，以为马湖是介绍人，当然新娘子的根底他知道得清楚。马湖这时尽顾着别忘了颂词，对于大家的提问，往往答非所问。大家越围他，他越心慌。

一会儿乐声又奏，司仪喊着："来宾入席。"大家一拥而上，立刻把礼堂挤得很满。司仪又一项一项地喊着：主婚人入席，证婚人入席，介绍人入席，新郎新妇入席。大家又哄了一阵。马湖的手伸在兜里，摸着颂词的纸。全入席之后，司仪又往下喊秩序单子，马湖尽想着介绍人的颂词，司仪喊着别的，他都没有听见。一直喊到介绍人用印，而且看着别人也在盖印，他还站着等介绍人致颂词。

这时有人过来问道："马先生，您的图章。"

马湖一听，这才想起自己忘了带图章，立刻慌了起来，脸也红了，汗也出来了。他道："我回家去取一趟吧。"

大家全笑起来，说道："现在取印也来不及了。"

马湖道："要不然按指纹吧。"

大家一听，越发笑起来，这新娘子也要笑。幸而主婚人说："回家再盖去吧！"这才把这个窘关过去。可是回头还得致颂词呢。颂词的纸条儿倒没丢，可是他掏出来一看，却是一张月份牌撕下来的日

7

历。他又凉了，凉了也出汗。

这时司仪喊着新郎新妇交换信物。大家乘这时又闹起哄来。新娘子虽然半低着头，可是能看见白润脸皮，长的眼毛。看侧面都是美丽动人，叫人垂涎。突然有人喊道："新郎宣布恋爱经过。"大家鼓掌。新郎官得意而骄傲，面现微笑。

新郎官姓丁，名字叫后庚。丁后庚有二十多岁，五官虽然整齐，但总看不出缘分来，说不出怎么不顺眼。一样的五官，一样的单摆浮搁，怎么到后庚的脸上，就显着那么小气。就算穿着大礼服都不是样儿。他是一个机关里的职员，和马湖是同事，新娘子虽然漂亮，但没有学问，也不知怎么会看上了丁后庚。听说她本来不爱丁后庚，丁后庚很爱她，追她。他追得比别人厉害，所以新娘子才爱他的。于是丁后庚便有了一个外号叫"钉后跟"。丁后庚追上新娘子之后，便不放松，马上就结婚。他以为什么事都是夜长梦多，不结婚就保不住有变化。这年头女人比水性还流动，比杨花还轻飘。一个黏不上，马上就飞。丁后庚算是黏上了，今天之能够结婚，没人不说是万幸。

这时司仪喊："证婚人致辞。"证婚人是个老者，说了几句夫唱妇随、宜室宜家的话。然后司仪又说："介绍人致颂词。"马湖先生这时尽想他应该说什么，旧词句大概还记得两三句，然后再添上几句新的，也就够用了。他见男女来宾，许多只眼睛都注视着他，他心慌了，一心慌便越说不上来，结结巴巴的，连他自己都不知说的是什么。

这时有个来宾，姓闻，叫闻福清。这闻福清和马湖的年纪差不多，四十岁左右的样子。他和马湖、丁后庚等都是同事，今天他来，丁后庚特请他"来宾致辞"。他在头几天就预备好了。闻福清的书底儿不多，时常还爱撰几句文，在办公室拟公文稿，总要引几句典。虽然这些典故在公文里一点用处没有，但是总要用两句，以表示他有学问，其实他这些典故都是从《万事不求人》里记下来的。《万事不求人》是一本书，像皇历那样薄的书，里面有尺牍，有公文，有珠算口诀，有治头疼肚痛霍乱的药方，有送病大吉等等。闻福清的一切学问，都是由那本书上得来的。他在前清正黄满小学读过书，以后就没有再读书。一直到现在，他只拿着那本《万事不求人》来看，现在几乎背得烂熟了。

他连报纸都不喜欢看，一切时事，凡与他不相干的，他都不闻不问，他所知道的只是一些二十四孝呀、五伦道德呀这些。他还爱说个话，说话时只劝人行善，心眼儿要搁在正处，说起来，能够一两个钟头不断。他那套词句，都是由从前的宣讲所里听来的，或是救世军在街上布道时所听到的，他给融通在一起，加上孔圣人之语，成为他的一家之言了。他以为圣人的话都是叫人行善，不管是哪个圣人，东洋圣人也好，西洋圣人也好，在他以为都是一样。他并不晓得圣人与圣人之间，意见也颇不相同，甚至还相反，甚至这个圣人还骂那个圣人。他以为圣人都是善人，圣人的话就是叫人行善的话，他把许多圣人的话，零七八碎地集到一起，放在一处说，他并不觉得矛盾。他对于同事，都有点看不起。丁后庚平时很尊敬他，今天特意请他作来宾致辞。

他早预备好了，他觉得他这套词，说出来非常惊人。老早就跃跃欲试。他的耳朵有点毛病，一阵听得清楚，一阵听不清楚。听不清楚的时候，几乎就完全听不见，非得大声在他的耳朵旁边说话，不然他是听不见的。平常的时候，他听清楚的时候少，听不清的时候多。今天他因为兴奋过度，又搭着这个环境太难，司仪报告介绍人致辞的时候，他以为是来宾致辞呢，于是走出人群，向四围一点头，便庄重其事地讲起来。马湖也在讲，闻福清也在讲，大家一看两个人说话，讲得极其有劲，还以为闻福清也是介绍人的地位，但介绍人也不能一块儿说呀，大家都在想是什么意思呢？

马湖见闻福清一说，自己的话头儿更找不着了，心里非常着急，想着以后绝不再做介绍人了，冲这致辞，就不干这介绍人的。他一边想着别的事，一边说着话，话也不知说什么好，闻福清说一句，他也说一句，倒好像两人说双簧，大家鼓掌大笑。闻福清以为大家欢迎他的讲说，于是越发讲得起劲，大家笑得前仰后合。

司仪喊道："先请一位说话！"

马湖借这机会，他倒不说了，干脆听闻福清的吧。闻福清讲到周公之礼，男子三十而娶，女子二十而嫁，又说上帝的儿女如何如何，他是越说越高兴，东一头西一头，大家听得都不耐烦了，这简直不是婚礼喜堂，而是讲道所了。

闻福清还有一个毛病，他若是说下来，越说越远，一点不靠边儿。别人不知道，新郎官丁后庚知道，可是他又不能当面止住他，司仪也不敢去拦。

最后新郎官把司仪叫去，对他说："你念你的吧，不必理他了。"

司仪遂念道："新郎新妇退席。证婚人退席，介绍人退席，主婚人退席，来宾退席，奏乐。"外边音乐又奏起来，闻福清还说呢，连他自己都找不回来了。后来见来宾纷纷退走，音乐仿佛奏起来，他才止住话头。

这时早有知客喊来宾吃茶点。吃完茶点，还得回家吃饭去，吃点心不能管饱。有的几个朋友好闹的，大家商议今天晚上闹洞房，大家想各种新奇方法去闹，有的说叫新娘子唱歌曲拷红，有的说那太便宜了，还得想法子。大家想了很多法子，都是俗套，没离开那些玩意儿，非得又高又妙，又新奇，又谑而不虐才好。大家怎么想也想不出来。

这时大夫宋明中想出一个好方法来，他说叫新娘子喝碗水，他给搁上泻药，叫新娘子半夜跑肚拉稀。大家一听，到底不愧为大夫，始终离不开药。

贾得财也想出一个法子来，他说："最好床底下安个铃铛，到时床动铃铛响，多有意思。"

这时有人说："不成，新夫妇上床，铃铛一响，他们就先解了下来，没用。"

白达道："我有主意，不过费点事，可是非常有趣味。新夫妇在上房睡觉，咱们只坐在西屋里就可以知道他们说什么，不必跑到窗根底下。"

大家一听全忙着问道："你用什么方法呢？"

白达道："我先不说，一说出来，咱们这里也许有奸细，报告了新郎，这个方法就白搭了。"

大家笑道："你的名字叫白达，这一定白搭。"

白达道："绝不白搭。我告诉你们说，你们自管坐在西屋里，自然新夫妇干什么，一定叫你们知道，如果失败，我一定受罚。"

大家纳闷道："怎么能够知道呢？"

白达道："我自有方法，不过请大家要保守秘密，要想知道闺房秘趣，必须不向任何人说。"

大家不晓得他是用什么方法，都将信将疑。这时马湖也感到趣味，甚至不愿回家吃饭，也得听听新房密语。

白达说："诸位不白听，每人收十块钱。"

11

贾得财道:"大家别上他的当,他是用方法骗财,把钱弄到手里,他一个人喝酒吃饭去了。"

白达道:"每人出十块钱是吃夜宵的。我绝不要,这钱由你拿着,你放心了吧?"

贾得财道:"成,我给你收集,如果灵的时候,拿出来买栗子,如果不灵,我仍就退回去。"白达首肯。

大家一听,出十块钱又听密语,又吃栗子,当然愿意,于是个个掏钱。马湖也掏钱,一掏,连那张月份牌也掏了出来,他打开一看背面,原来在那背面写着颂词。他后悔道:"他妈的,若知道是写在这日历后边,何必方才致辞时那么着急呢?"他一团,扔在地上,把钱又收起来。

贾得财收钱收到他的面前,马湖道:"我的钱没收去吗?"

贾得财道:"您别装马虎,还没收呢。"

其实他不是装马虎,而是真马虎。马湖遂掏出十块钱来,交给贾得财。

贾得财对白达道:"你看,钱都收齐了,就看你的了。你要是办不到,这钱还得退回去。"

白达道:"好啦,我去办去,你们可千万保守秘密,如果走漏消息,那钱照样不能退。"

大家道:"你去你的吧。"白达他先走了。

原来他专门爱玩弄电气玩意儿,安装电灯啦,修理无线电播音机啦,他都会。他跟人家借来一个麦克风,来到丁后庚家里,乘着乱际,他先把麦克风安在新夫妇的床头,把扩音器装在西屋里。这时贾得财、宋明中等,为遮别人耳目,故意找人说话,不叫注意白达的工作。一会儿,新夫妇等陆续回来,进到洞房,大家嚷作一团,

12

非要闹房不可。这个喊新娘子请吃糖，新郎便拿出一大包糖，每人给了一块。大家道："别看每人一块糖，这点就得好几十块钱呢。以前好几十块钱能请三四桌席呢。这年头糖都吃不起了。"大众叹息了一阵，仍旧闹房，有人叫新娘子给削梨，新娘子真大方，大家这样起哄，她并不觉羞赧。大家闹房的意思，就是把新娘子闹得害羞，甚至哭起来了，这才快意。

新郎在这时候真说不出什么来，急不得恼不得，他想替新娘子应付他们，而大家都不干。有人提说叫新娘子唱一个流行歌，大家鼓掌。丁后庚说替她唱，大家不允许，非叫新娘子唱不可。新郎给大家鞠躬作揖，都不成，

丁后庚道："不成就不成吧，你们有什么办法？"

大家道："若不唱，我们一夜不走。"

丁后庚道："不走就不走，反正我有精神支持你们。"

其实新娘子不是不爱唱，平常的时候，不叫她唱，她还唱什么《五月之风》的曲子，这时不过叫大家闹得僵住了。她很愿意一展她的才能，叫大家恭维她。丁后庚不懂事，左拦右拦。他一来是怕新娘子不好意思，二来怕她累着，还有一个重要的原因，就是他怕别人看轻了她，觉得她不大庄严，于自己的面子不大好看。假如新娘子刚下马车就唱起来，做丈夫的也不好看，越是害羞，越是增加丈夫的尊严。

大家闹得自己都觉得无味了，想有个收场，大家好散。还有些人想到西屋里听闺房密语的，所以也希望闹洞房这事有个段落才好。大家商议好了，最后出个主意叫新娘子给办，她办了，大家便散，不然就泡下去。

丁后庚说："每个人想个主意，觉得哪个人的主意好，就用哪

13

个。"大家认可。

贾得财说："我先出个主意,叫新娘子跟新郎官要个乖乖。"到底是商人的习气,连接吻都不会说。

宋明中道："我给新娘号号脉,看看她有病没病。"三句话不离本行。

白达道："这是你们的利益,我不赞成,我的主张是新娘子和每个人握握手。"

丁后庚道："这个有点过奢,听马老兄的。"

马湖道："我想不出什么主意来,要不然向大家行个鞠躬礼得了。"

丁后庚道："这个使得。"

闻福清道："不成,我还没说呢,你们的主意都不好,我有个主意,简而易行。"

丁后庚忙问道："什么主意?"

闻福清道："叫新娘子向大家行个鞠躬礼。"

大家一听,大笑起来,马湖刚说过的,他又说一遍,当作他的主意,合着方才马湖说的时候,他完全没有听见。聋子都有个毛病,就是怕人说他耳朵聋,所以有时没听见,愣表示听见了,仿佛他的耳朵不聋,却不想他所说的正是人家刚说的。大家这一笑,连新娘子都笑了,大家不哄新娘子,而哄起闻福清来。闻福清还以为大家赞成他的主意,所以他也笑。他一笑,人家更笑。笑得贾得财肚子疼,笑得马湖放了两个屁,幸而人家的笑声,把屁声遮过去。

丁后庚道："得了,有两个人提议这个主意,就叫她实行这个主意吧!"

白达道："那不成,那太便宜了,鞠躬也是行礼,握手也是行

14

礼，鞠躬礼比握手礼还恭敬一层呢。"

丁后庚道："是呀，因为恭敬才叫她行鞠躬礼的。"

白达道："我们不要恭敬，我们就要行握手礼。跟你说吧，行握手礼是便宜你，再过半个钟头不实行，我就把握手礼改为接吻礼了。"

大家又鼓掌。丁后庚听了，十分恨他，而新娘听了，却并不害怕，她以为接吻就接吻，跟许多男人接吻，都是极有意思的事，就恐怕不能实现。如果能够公共地和许多男人接吻，于自己并没有害处的，只有更加愉快。

新娘子是个早熟的女人，她叫唐梅君，今年才十九岁，年轻漂亮，白润的皮肤，两个脸蛋儿透着红润，就仿佛熟透了的杵头柿子，用口一嘬就能破似的。两只动人的眼睛，水灵儿似的又大又美。一样的五官，摆在她的脸上，就令人爱悦。她初中还没有毕业，就不爱念了。她喜欢在异性群里过生活，即或被异性来玩弄，她也是快活的。她不喜欢和同性在一起，虽然同学都喜欢她，都爱她，但她愿意倒在异性的怀里，尽情地叫异性来抚慰、来温存。她比同学发育都早，她的青春发动期也比别人早，她离开学校的前一年，就失去了活泼，大家都很纳闷，以为她变得贞静安详。其实是错误，她是由天真走入沉思里去。

她有她的一个理想的天国。假如这时候教育者留心的话，一定可以把她的感情转移到一种艺术上来，叫沉醉在艺术里，她一定可以有所成就。可是中国的教育者们，竟忽略了这个问题，勉强叫她钻进一切方程式里、一些数目字里，并且还责备她的注意力不在书本上。于是她便更觉得烦闷，同时被那异性的神秘所引起的好奇心，她竟大胆地向异性们来追求那神秘。于是她竟在一个初遇的机会里，

15

竟轻易地失去了她处女的尊严。她的感情像决口似的泛滥起来，那理智的堤坝再也拦阻不住，一切的艺术，也都抛开不问。她愿意和一些男人一块儿打打闹闹，说说笑笑，尽情地放纵她的情感。于是一个情人不满足，她又交第二个、第三个。中国社会光约束女人，而不约束男人，它是不平等地畸形地发展它的势力，所以只要女人无所顾忌，男人便尽量地发挥他的兽性。女人被毁了，而还归罪于女人。终于唐梅君离开了学校，走到社会，到机关里做花瓶。

大学毕业生失业的不知有多少，他们找不到一点事情做，而许多初中未毕业的女人反都能上班做事。我们实在找不出任何理由像唐梅君这样的女孩子可以坐在办公室里拿着国家的配给，她到底干了些什么事情呢？除了花钱外还能给她一种什么尊号呢？唐梅君来到机关里，她并非为做事，而是为找对象。丁后庚便是唐梅君的情人之一，因为他盯得紧，所以唐梅君竟嫁了他。唐梅君之嫁他，也有好多条件，反正要紧的是不准妨碍唐梅君的自由，她还可以交朋友。丁后庚暂时都答应了她，想着结婚之后再说。女人只要一结婚，就是浪漫的也可以变为老实的。今天结婚，同事差不多都来了，只有一个人没有来。不来的原因，是因为丁后庚是从他的手里把唐梅君硬拉了去的。这人姓秦，叫秦放。其实不但秦放是唐梅君的情人，就连白达都跟唐梅君在咖啡馆里接过吻。

这时洞房里闹得时候不少，大家正要退到西屋，忽然白达一眼看见麦克风下的电线接头不知被谁踢断。他大吃一惊，如果这线一断，多么好的密语，完全传达不过去了。若这时蹲在床底下去接，而容易引起丁后庚的注意，那更前功尽弃。他急得出汗，无法可想，一边劝大家闹房不要走，一边慢慢想主意。后来他想出一个法子来，就是叫一个人把丁后庚的注意力引到别的地方去，然后自己钻到床底下去接线。

他把闻福清拉在一边，告诉他叫他不断地和丁后庚说话。谁知他跟闻福清说了半天，闻福清始终没把他的话听清楚。

闻福清说："不跟他说话呀?"

白达道："跟他说话，越说得多越好。"

闻福清道："说得太多了，可不是?"

白达道："叫你跟他说话，引他的注意力。"

闻福清道："说多了是伤气。"

白达简直着急得了不得，又不敢大声说，声音小了他又听不见，听见又胡打岔，遂不再用他。又把马湖拉在一旁，低声说道："你同丁后庚说话，多说些时候，把他的注意力引起你的话头上，我到床底下接线去，那麦克风的线不知被谁踢断了，线一断，我们就听不见他们说什么了。你千万多跟他说几句，别叫他注意我。"

马湖道："成成，这点事好办。"

于是他走到丁后庚的面前说话，他也想不起说什么，他先说到今天都有什么新闻，丁后庚也就和他说上了。白达乘机钻到床底下去接电线。马湖一边和丁后庚谈天，一边努力想都谈什么，谈着谈着他简直不知说什么好了，倒是丁后庚提出很多话头来。

说了一会儿，马湖把假谈话变成真谈话，而忘了他的本来使命。他一眼看见白达在床底下也不知找什么，遂道："白兄，你怎么跑到床底下去了?"

白达一听，心说真糟心，叫他引开丁后庚的眼光，结果他倒先说出来，这种人真算完了，干什么也不中用了。

丁后庚道："床底下找什么?"

白达遂钻出来道："我的烟嘴儿掉到床底下去了。"

17

丁后庚一听，也没有疑到别的。白达出了一脑袋汗，电线并没有接上，他使劲瞪了马湖一眼。后来一想，还是叫别人说吧，马湖简直不中用。可是别人说，若叫马湖看见，他仍然给说出来，最好是连马湖都得瞒着。这家伙真是成事不足，坏事有余。白达这回找个精明的，把贾得财叫到一边，把这种情形一说，叫他引住大众的注意力，他好收拾电线。

贾得财答应着，遂对大众说道："我给你们说一个笑话吧。"

大家一听他说笑话，立刻全聚精会神地听他说，他道："有一个乡下人，不认识元宵……"

大家道："这个听过，换新鲜的。"

贾得财道："一个人盖房子，斋轩阁室，亭台楼榭，都取动物的名字……"

大家道："这又是骂人的，不听，再换一个。"

马湖道："我没听过这个，怎么会是骂人的？"

宋明中道："他这轩叫虎轩，斋叫豹斋，阁叫狮阁，厅叫龟厅。"

马湖道："这也不算骂人。"

宋明中道："他说你是龟厅，还不是骂你？你听了没有？"

马湖一听，这才醒悟，大家也笑起来，说贾得财不准骂人。贾得财道："我实在没有新鲜的笑话，你们都听过了。还有一个笑话，恐怕闻福清先生不乐意，这是嘲笑耳朵聋的。"

大家道："说！说！"

闻福清道："可不准说我呀！"

贾得财见白达把电线收拾好了，由床底下钻出来，他才不说。白达收拾了电线，心里才踏实，立刻叫众人都到西屋去，叫新夫妇该休息了。大家遂退到西厢房。丁后庚见众人都走了，这才慌忙收

18

拾床铺，把门关好，谁叫也不开。

　　大家来到西屋，一看白达拿来一个留声机似的东西，大家一问，他这才低声说了原委，不叫大家声张，只要新夫妇不知道，今天咱们可以听一夜的甜蜜的话呀，保你一辈子也听不见的。大家一听十分兴奋，都佩服白达的聪明能干。这个比安铃铛强得多了。

　　大家道："快开开！"

　　白达道："别忙，这时候什么也听不见。回头这边哗啦哗啦一响，叫丁后庚听见了，反而不佳，何如等要紧的时候听。"

　　贾得财道："先听一听，看看收的成绩如何。"

　　白达遂开了电门，听了半天，似乎有点声音，而非常细小，大家都拥到听筒旁边。

　　这时急坏了闻福清，声音大还听不见，何况声音小？不过他沉下心去，也能听见一点儿。大家听着有说话的声音，而听不出是说什么来，大家直着急，叫白达怎么修理修理。

　　白达也着急，他说："这完全是电力的毛病，不是机器的毛病，等一等也许好点儿。"

　　闻福清道："我听见了，怎么唱上二黄了？"

　　贾得财道："这是街上走过的。"大家又笑起来，笑得一时止不住。

　　白达道："别笑别笑，听见了，快听！"

　　大家忙止住笑声，连出气都不敢大声。果然听见丁后庚说："你疲乏了吧？他们闹得太不像话。"

　　又听新娘子唐梅君很细的声音说："今天秦放没有来？"

　　丁后庚道："他来干吗？他来看着多伤心呢，哈哈！"

　　大家听着，彼此互视一番，点头咀嚼这话的滋味。闻福清听不见，现由马湖当传达，在耳朵上又说了一遍。不过有时刚听见的话，附到闻福清的耳朵边他又忘了。他道："你瞧，说什么来着？"

闻福清道："这是谁说的？"

马湖道："这是我说的。"

闻福清道："我以为是新娘子说的呢。"

大家又要笑，白达道："别笑别笑，换一个给他说。"这时谁也不愿意牺牲听的权利而去给闻福清去说，只得仍由马湖给传达。

这时听见了被褥的声音，丁后庚又打了一个可以不打的哈欠。白达道："紧张的时候来了！"

大家正聚精会神地听，这时偏偏电灯灭了，电灯一灭，麦克风自然也没用了，大家这扫兴就不用提了。先摸着黑儿把油灯点上，大家对看着，无精打采。往外望新房的窗户，也只有那长寿灯儿在闪烁着，不知他们干什么呢，麦克风是听不见了。

宋明中道："走啦，他妈的。"

贾得财道："忙什么，听听再走。"

宋明中道："听什么？没电。"

白达道："等电来了的。"

宋明中道："等电来了，人家都打呼噜睡着了。妈的正是这个时候没电。"

白达道："一会儿就来，反正也是没事，多等一等。"

宋明中也不愿牺牲这个权利，他道："咱们先吃栗子吧。"他倒没忘了拿出十块钱来。

贾得财道："先买栗子去。"

于是他把钱拿出来，叫人家买栗子去了。一会儿栗子买来，大家吃着栗子，他们又沏了一壶好茶。把栗子吃完了，茶也入肚，约有几十分钟，电来了。电灯一着，格外显得痛快，立刻把油灯吹灭，这时收音机也有了声音，大家又兴高采烈地听。奇怪，怎么会有哭的声音？他们都怀疑是别处的声音。开门听听，没有，还是由麦克风里传来的。他们又仔细听，果然是新房里的哭声，哭声不止一个人，连丁后庚的哭声都在里面。大家很是纳闷，这夫妇新婚，干吗要哭呢？有什么伤心的事呢？大家一纳闷，听的兴趣更浓厚了。

这时就听丁后庚默默无语，倒是唐梅君说："过去是过去的事，反正以后我决定……"底下又听不见了。

大家道："这一定是为过去的事而争吵。"

白达道："过去的事丁后庚全都知道，而且也得到他的谅解，不但得到他的谅解，而且还准许以后她的自由，她才嫁给他的。"

贾得财道："他们一定为了财产的事。"

白达道："也不能，因为丁后庚答应唐梅君自己挣的钱自己花，不必交家里的。"

宋明中道："我猜到了，也许他们两个人之间，必有一个人有疾病。"

白达道："你们二位倒是三句话不离本行。他们两个人没病，也绝不是因为病，你没听唐梅君说以后怎么样吗？可见不是因病。"大家一听，如坠五里雾中，不知他们因为什么会都哭起来。

白达道："快听！"

大家又屏息静听，听丁后庚说："我真没想到，你知道我现在心里是多么难过，你为何不早告诉我？"

又听唐梅君道："我没想到你是这样死脑筋的人。"

丁后庚道："我不是死脑筋，因为出我意料之外，所以感到被欺骗似的。"

大家越听越不明白，究竟这两人为了什么呢？大家都猜测不出。他们以为马湖是介绍人，他一定知道得详细，其实马湖更不知道。他道："我怎么会知道呢？我同唐梅君同事有一年多，我始终还不知道她叫什么。因为不同科，所以也没有说过话，最近我才知道她叫唐梅君，别的事我更不知道了。"

闻福清这时听见他们说的话了，闻福清虽然耳聋，但有时他专心注意的时候，也能听见，他道："我猜到他们为了什么。"

大家忙问道："你猜是什么？"

闻福清道："一定是唐梅君以前曾经和别人有过契约，在她结婚后，这手续并没办理清楚，这时丁后庚感到苦恼，所以才着急。"大家听这话有些道理，别看耳朵聋，他想得倒周密。

白达道："可是既有契约之类的东西，她可以跟他说，何必在结婚这天说呢？"

马湖道："她也许忘了。"

白达道："你拿你推测别人不成，你好忘，人家未必好忘。"

闻福清道："皆因她先没有说，所以今天丁后庚才苦恼的。你没听他说吗？他问她早何不对他说，可见以前她没有说。"

大家道："这话有理。"

白达道："我仍不赞成此说，我想绝不是为了什么契约的事。譬如债务的纠纷，丁后庚不至于哭。如果为了和别人已有婚约，则唐梅君不会这样大胆和丁后庚结婚。况且她根本不想和任何人结婚，一结婚倒妨碍了她的浪漫自由。她和丁后庚结婚，只是不得已，所以我断定她不会和别人有什么契约。"

大家一听，驳得也有理，可是这样一来却更无法知道他们为什么了。本来想知道他们到底是为什么，想出许多原因来都不对，这真叫人闷得慌。

这时又听丁后庚说："唉，我这一腔热血。"

唐梅君说："我也并不比你冷，我若冷还同你结婚吗？"

丁后庚道："我承认你这话，可是我这时心理有点悲哀，因为我太爱你了，所以才悲哀，你明白吗？"

唐梅君说："我明白。那么我们两个人好好相爱吧。以前是我的一时……"声音又低微了。

后来又听丁后庚说："你能告诉我是谁吗？"

唐梅君道："你何必还要问呢，这不是自找苦恼吗？"

丁后庚道："不，你非得告诉我不可。"

唐梅君道："过去的事你不必再问了。就是我告诉你，你也不认识。"

丁后庚道："不认识？难道还有我不认识的？"

唐梅君道："不是这样说，譬如我随便说一个名字，不是你也不知道吗？"

丁后庚道："我希望你坦白诚实地告诉我。"

唐梅君道："我问你，你爱我不爱？"

丁后庚道："爱呀。"

唐梅君道："你希望我爱你不希望？"

丁后庚道："当然希望。"

唐梅君道："既然你爱我，我也爱你，那么一切的问题都没有了，你苦恼什么呢？"

丁后庚道："你能……"

唐梅君道："我一定永远忠实地爱你。"说到这里，两个人又默然无声。

23

大家喘了一口气，宋明中道："唉，什么事，闹得这么糊里糊涂。"

白达道："真奇怪，看这样子，唐梅君还有一些丁后庚不知道的事。"

贾得财道："可是现在怎么知道了呢？"

白达又无话可说了。这真是一个难破的谜，这话只有去问丁后庚与唐梅君，可是想着他们一定不会说出来的，那么这个谜永远是个谜了。天下事永远是谜的太多了。

宋明中道："丁后庚直问她那人是谁，究竟那人是谁呢？只要我们能够知道那人是谁，今天这个谜，也能够知道其底细。"

白达道："可是我们怎么能够知道呢？她连丁后庚都不告诉，我们如何能够知道？丁后庚都不认识，我们怎么能够认识？"

宋明中道："她说丁后庚不认识，也许是假话。不但丁后庚认识，也许我们也认识也未可知。"

闻福清道："我想这事一定有人毁坏丁后庚的名誉，或是破坏他们的感情。所以唐梅君说，只要我们相爱，一切都没问题。你们想对不对？"

贾得财道："这话有理，到底是聋爷，想得比别人细致。"

闻福清道："你们说是不是？"

白达道："可是这点事不值哭一鼻子呀？丁后庚那么大个子直哭，一定不是这么一点事。"

闻福清道："是不是，我猜得对吧？"

白达道："什么对呀？不对。"

闻福清道："我说的对呀。"

白达大声道："不对。"

宋明中道："小点声，叫丁后庚听见就坏了。"于是白达直向闻福清摆手，表示他说的不对。

闻福清还以为不叫他说呢，他道："我说的没错儿。"

大家要笑，又不敢大声笑。不过这时问题仍然没有解决，究竟他们新婚夫妇这样对泣，为着什么，无法猜测。大家感到这个问题今天无法解决，不但今天无法解决，就是再延长许多日子，也未必能够知道。天下事不被人发现的秘密或隐痛的事，不知有着多少。如果没有白达弄麦克风之举，恐怕谁都知道新婚夫妇在甜蜜的温柔乡中，说不尽的缠绵恩爱，万也想不到他们不知道为了什么缘故竟会对泣，洞房中闹得这样不欢。他们可惜那时候没电，不然也许能听到真相。不过他们都以为有继续探听的必要。麦克风里，已寂然无声，想他们已经睡着，只有将来慢慢套他们的话，明天看看他们的神气，也许知道一半。

白达说："明天撤这麦克风还是个问题。非叫他们看见不可。"

宋明中道："等他们不在屋里的时候去撤去。"

白达道："可是麦克风他们可以看得见，现在因为在夜中，不大好看，明天天一亮，看什么都是清楚的。"

宋明中道："明天一清早就使个调虎离山计，把他们叫出屋子来，然后你赶紧进到屋子里去做。"

白达道："可是他们一出来看见线，更容易知道。"

宋明中道："你不会现在就先撤线？现在全撤好了，明天一拿麦克风，也就没事，"

贾得财道："叫他们知道也没关系，反正我们已经听见了。况且叫他们知道之后，我们跟他们说，昨夜的情形，我们都听见了，他们自然不会瞒着我们，也许更能知道他们的秘密也未可知。"

白达道："这样不好，叫他们知道我们偷听，更能影响我们探听的机会。跟他们说什么话，他们都加一番思索，就套不出实话来了，还是现在先撤线吧。"

　　说着，他卸了机件，收拾起来。他把线也全收起，那线由西屋经过院子，直通北屋，他先把院子的电线收起，从北屋的窗外扯断，丁后庚夫妇还真睡得香，一点不知道。

　　第二天早晨起来，白达净等着撤麦克风，宋明中和贾得财到澡堂子去睡觉，马湖和闻福清照旧上班。这两个人，熬了一宵没睡，仗着一点火气还能支持，赶到上了班，可脸色也发绿了，两只眼睛迷糊，哈欠一个跟着一个。熬夜真不是事。他现在知道人是不可缺睡眠的，睡眠一缺，精神就不够，精神不够，记忆便越发不佳。

　　来到班上，他便把丁后庚在洞房中哭的话对大家一广播，他忘了得由闻福清给补充。闻福清不但补充马湖的不足，而且他还把根本没听见、而是自己心里琢磨的也说了出来。

　　他道："丁后庚还给唐梅君跪下了。"

　　别人问道："麦克风听得着，还能看见吗？"

　　闻福清道："啊，他说的，老丁说给她跪着呢，你们不信问老马。"

　　马湖一听闻福清说这话，以为确实有这话而自己忘记了，遂道："可不是，老丁说来着。"

　　连马湖都相信闻福清的话可靠了，大家对于丁后庚在洞房哭的这件事，认为大有寻思的必要。尤其丁后庚追问唐梅君那个人，尤堪寻味。这个人是破坏他们的婚约的呢，还是不利于丁后庚的呢，还是另外有缘故呢？这个人又是谁呢？大家知道秦放和唐梅君曾经好过一阵子，就是现在他们两个人的感情也没有破裂，丁后庚追问的这个人是不是秦放？可是秦放和唐梅君的关系，丁后庚也知道得很清楚呀？这事很奇怪。大家对这问题讨论不绝，都说等白达来了就知道了。看这样子，白达上午不会来的，他还不知怎么撒那麦克风，是不是跟丁后庚又起了纠纷，还不得而知。

大家急于见白达，而白达来了电话，请假一日，回家睡觉，明天才来呢。问他关于丁后庚的事，白达说："电话里不能说，明天再说吧。"大家只得闷闷地等着，对于这个问题，始终不放下，翻来覆去地讨论，但讨论越深刻，而离题也越远。甚至有人说唐梅君的母亲是后母的，有人说丁后庚的舅舅不赞成这个婚事，这都和新夫妇的哭有关系。

大家议论纷纷，马湖却把这事又扔在脖子后边，回到自己的办公桌，困得直打盹。拉开了抽屉一看，见有个红封套，急拿出来看时，才想起来是前天跟会计处支了十元钱预备给丁后庚出份子的，这份子放在抽屉里忘了带着了。他当时一急，觉得这太丢人了，昨天行人情不给人家交份子，这简直说不下去。他立刻叫听差赶快给丁后庚家里送去，这实在对不住人。他以为叫听差得些脚力钱，听差骑车去了，好在距离不远。马湖觉得自己的记忆力太坏了，想法到医院治一治才好，不然真容易得罪人。

正想着，听差走回来，把红封套扔在马湖的桌上，说道："马先生，您真是开玩笑。这封套是空的，您就叫我送去，白跑一趟。"

马湖一听，说道："不能吧？我记得前天支了十块钱，预备给丁先生出份子的。"

听差的道："大概您把钱装错了。"

马湖道："不能。"

这时闻福清走过来，问道："又给谁出份子？"

27

马湖道："给老丁出的，前天支了十块钱，预备给他出的，结果忘了。"

闻福清道："你不是出了吗？"

马湖道："是吗？"

闻福清道："昨天咱们一块儿交的，不是我给你交的吗？"

马湖这才又想起来，前天买了封套摆在抽屉里，等支了十块钱，就把封套儿给忘了。这脑子真坏，今天叫人给丁家看了，我送了一个空封套，真好像跟人家开玩笑似的。闻福清听了又笑起来。

这时同事走来问闻福清道："你笑什么？"

闻福清道："是呀，我还没睡觉呢。"

同事一看这两个活宝，真没办法儿。

马湖见听差白跑一趟，只得给了他一块钱。听差道："您拿着吧，这点事还值得给钱？"他心里说："这一块钱，只能买两根烟，还不是好的。"而马湖还当好的呢。

这时家里人给他打电话来叫他去买盐，家里人在铺子门口挤了一早晨，冻了好几个钟头，也没买上，饭也没吃。马湖一听，十分纳闷，食盐为什么不给配给票呢？自己若是跑到街上去挤盐，这半天的公事不就耽误了？若是等下班再去买，铺子又不卖了，他们也有时间，和衙门办公的时间一个样，外边有五百人挤着，结果这一天连二百人都卖不了。这非得想个办法不可，这么卖法，究属不是事。

马湖一边打着哈欠，一边想着主意，想了半天，也想不出什么高主意来，白费了半天脑子。他的脑子，都是这样受的伤。每到二十五号拿下薪水来，他一个人在办公桌上且算呢。这也该买了，那也该买了，算了半天，买什么都不够。手里拿着好几百块钱，怎么会买不出东西来？钱老在手里，老是那么些钱，自要一买东西这钱就不值钱了。就拿以前一百块钱的票子，都觉新鲜，现在手里拿着好几百，反倒着急。这几百块钱连买一月的煤柴都不够。每月的二十五号，他的桌上总有一张纸，写着面、煤、油、柴……合着是面煤油柴赛跑，每到二十五号考察一个记录。这些物资跑得都不慢，一个赛一个。有时面跑在头里，油恐怕落后，一加油，又开过面去。煤也有劲儿，永远不落后，先还跑得慢，后来也追上来，这一追，真是开足了马力。其余的也都跟在后边，各不相下，似乎都没有弃权的神气，而面还在领导地位。

最不济的是公务员的薪水，著作家的稿费，电车的票价，落得远而又远，几乎不能望面的项背。有心不追吧，又不愿牺牲比赛权；跟着追吧，实在追不上。马湖拿到了钱，反而发愁。不管怎么发愁，盐是非买不可的。下午早走了两个钟头，回到家里，拿了居住证，便去挤盐。挤到了盐还得买肥皂、碱、油、酱，现在茶也不敢喝了，不然茶也是一笔开销。他把应买的东西写在一张纸条上，一样一样地买。谁知挤到五点钟，铺子关门不卖了，大众骂声不绝。有的老早跑来挤，一顿饭没有吃，挤到现在还没买上。有个老头儿说，他少卖了一锅白薯，跑到这儿挤盐，结果还是没买上。有个妇人说，她由黑天就来排队，等快卖到她这儿了，铺子歇晌儿，下午才卖呢，她只有在门口等着，不敢放松这个位置。又白站了两个钟点，才又开始。眼看卖到她这儿了，又赶上临时戒严，警察把她们都驱逐到胡同里去了。又过了一个钟头，再出来挤盐，她又被挤到后头去了。她一边说一边哭，有人听着还觉好笑。马湖没有买上盐，只得往家里走，快到家了，才想起还得买别的东西呢。他又转身来到街上，按照所开的条儿，一样一样地买，在油盐店买了油，又走出来到洋货店买肥皂，买完了肥皂一看下面写的是酱，遂又再进油盐店买酱。这时他想起来那时何不跟油一块儿买了呢？要不怎么他外号叫马后炮。

买完了东西回到家里，他觉得非常的累，可是他不知为什么这样累，他忘了昨天在丁后庚家熬了一宵，没有睡觉。这时他已困过劲儿，反而倒不困了。但是并不好过，夜里睡都睡不好，第二天精神尤不振作。这年头儿，没法儿养精神，只有一天比一天坏。

第二天上班，可就热闹多了。白达一来，绘声绘色一说。大家问他丁后庚和唐梅君的事，到底为了什么。白达说："这还不得而知，慢慢套他再说。昨天把麦克风卸下，真不容易，好容易把他们调出去，才卸的麦克风。"大家对于丁后庚这件事，始终研究不出怎么一回事来。

有的去问秦放，秦放也说不知道，并且还很以为奇怪。本来唐梅君和秦放相好过一阵子，秦放是很漂亮的青年，不过他过于油滑了。他以为凡是女人，只要他一用手腕，没有不爱他的，他恃着他的面孔，以为女人都是爱美的。女人都是爱美的固然不错，但有大部分人把爱美放在其次，注重对方的品格的还是占多数，不过美总是一个先决条件。秦放就利用他这个优点，向一切女人进攻，唐梅君便是他的俘虏之一。他对于唐梅君，本无诚意，他也知道唐梅君是一个浪漫女人，浪漫女人，只应玩玩，不能做太太的。不过人家一拿唐梅君做太太，他就不得劲儿了。男人都有这么一点脾气。他听到丁后庚和唐梅君半夜闹别扭，很是有隙可乘，他仍然要向已结婚的唐梅君再度进攻。

过了几天，丁后庚和唐梅君假满上班，丁后庚更盯得紧了，几乎一步不放松。娶一个有恋爱经验的女人，真是受罪。丁后庚老得随时提防着，怕唐梅君仍旧和秦放往来，精神上所受的痛苦，实在是比所得的快乐为大。所以说，情战中的胜利者，也就是一个失败者。这里可以教训一般男人对于女人，还是娶一位身家清白、不浪漫的女人好些。唐梅君好比一枝美丽的梅花，本来可以供大家来观赏，而丁后庚却把这一枝插在自己的花瓶里，别人哪有不眼红的呢？丁后庚把梅花插在自己花瓶里，自己玩赏，也就罢了，而他还要特别向人夸示、向人卖弄，表示他有一枝好梅，于是便越引起别人的垂涎来。一个人若是娶了好太太，朋友便多起来，轻易不来往的，也会时常到他家里拜访拜访。

拿贾得财来说，他本是一个商人，他仗着他有钱，财大气粗，平时看不起丁后庚这些青年，以为人不努力发财，光在女人身上追求，最没出息。最近不然了，自见丁后庚娶了唐梅君，一变他的眼光，对丁后庚特别好感了，他时常到丁后庚家里去。

原来丁后庚在机关里当庶务，曾给贾得财拉过买卖，所以和贾得财感情很好。最近贾得财时常到他家里去，名是为讨论买卖，实际目的何在，却不得而知。不过丁后庚对他不大注意，他注意的是秦放这些人。他以为贾得财不会有什么野心，即或有野心，而唐梅君未必看得上他。平日唐梅君还嫌贾得财长得不得哥儿们，她绝不会爱贾得财的。大家都见他同唐梅君天天一块儿上班，一块儿下班，非常羡慕，哪里知道他心里是怎样的不放心呢？光图了娶美太太，而结婚后天天提心吊胆，再得神经衰弱症，简直不合算得厉害。与其这样，实在不如娶个不太美的太太，每天心里没什么挂念，至少还能多活几年。

过了几天，大家见丁后庚和唐梅君那种和美亲热的样子，一点破绽看不出，什么奇异的神色都没有。大家都纳闷，问白达道："你们一定说谎，你看人家多么甜蜜呀！有什么怪神气？都是你们见神见鬼。"

白达道："真的是哭来着，撒谎是儿子。"

大家道："别是他们做梦说睡语，叫你们听见了？"

白达道："绝不是说睡语。你们等着，我至少得把他们的情形访查出来，就是由丁后庚口里也能套出来，不过得费点劲儿。"

他说完，便找到丁后庚，说道："怎么样？这几天累坏了吧？"

丁后庚道："没有。"

白达道："反正新房里不会得休息的，这还不整夜温存吗？"

丁后庚笑道："没有。"

白达道："你不必瞒着，头一天晚上我就听见你们都说什么来了。"

丁后庚道："我们什么也没说，你由哪儿听见的？你这家伙老讲诈事。"

白达道："真的，冤人是儿子，你们都说什么，我全听得清清楚楚。"

丁后庚道："别瞎说了，根本我们什么也没有谈。"他表面还装作镇静，看外表一点也看不出他和唐梅君有什么不痛快的事。

白达道："你倒装得挺匀实。可是我跟你说吧，我不冤你，你们哭我都听见了？"

丁后庚惊道："是吗？"

白达一见他惊慌，就知道没错儿了，遂道："我这还能造假吗？大喜的日子我能说你们哭吗？"

丁后庚道："没有那回事，你别瞎说了。"他又想起滋味不对来。

白达道："你又装傻。你如果不说实话，我可把这话对大众发表

32

了。你想怎么样？"

丁后庚道："我没的可说。"这话有点软。

白达道："你不说我也知道，你何不对我说了呢？"

丁后庚道："你已经知道，我又何必说呢？"

白达道："我就问你一句，你要告诉我，我就不给你说去，不然我非给你宣传不可。"

丁后庚道："你问我什么？"

白达道："你们究竟为了什么？"

丁后庚道："你不是知道吗？你怎么又问？"

白达道："其余我都知道，我只问这一点儿。"

丁后庚道："就这一点儿，我也不知道。根本我们什么也没有。"

白达道："什么没有你哭？你不必再瞒着，我告诉你，你不是问唐梅君那个人是谁吗？这个人我知道。"

丁后庚又惊道："什么？你知道？你怎么知道？"

白达道："我也不能告诉你。"

丁后庚道："你别来诈我来了，你若知道是谁，你还不知道因为什么？"

白达一听，有边儿，慢慢再往下套，遂道："因为什么，我也知道，不过不知道确不确实。如果你同我说了，我可以知道我听到的对不对。"

丁后庚道："那你不必问了，你也无须知道对不对。"

白达道："可是你若不说，我也不告诉你这个人。"

丁后庚道："根本你就不知道。"

白达道："你又来诈我了？我跟你说吧，还是这个人亲自告诉我的。"

丁后庚道："他怎么能够告诉你？"

白达道："你瞧，唐梅君跟他说，说你直问她，她好容易把你瞒哄过，这个人就来同我说了。"

丁后庚将信将疑道："梅君没有同别人谈话的机会。"

白达道："那可别说，现在她就没在班上。"

丁后庚一听，连忙跑到班上去看，本来白达是骗他，叫他着急，谁知唐梅君真的没在班上。

丁后庚一看，着了急了，他以为是白达使调虎离山计，把他调开，别人好同唐梅君谈私话，白达一定受了别人的主使。越想越着急，他到底要找到唐梅君，见她向谁谈话呢。他便向各科办公室里去找，一边找一边想着，她到底同谁去说话。不管到哪科，推门就进去，看了看没有唐梅君，转身就走，大家都莫名其妙。他找了几处，全没有唐梅君。他很奇怪，她上哪里去了呢？他着急得脸也红了，这么冷的天气，他会热得要出汗，心里也颤了，头也晕了。

他急忙又找到白达，把他拉到一边，说道："老白，咱们的感情如何？"

白达道："不错呀。"

丁后庚道："你得帮我的忙。"

白达道："我一定帮你的忙，可是帮什么忙呀？"

丁后庚道："我问你，那个人是谁？你告诉我。"

白达一听，这可有门儿，想这里一定有问题，遂道："你跟我没诚意，我不能告诉你。"

丁后庚道："没诚意是儿子。"

白达道："那么我问你们到底为什么，你为何不说？"

丁后庚道："就为的是这个人。"

白达道："那么这个人怎么了呢？"

丁后庚道："那你还不知道吗？"

白达这时若说不知道，自己的谎也就圆不上了，只得说："不过这时我还不能告诉你。"

丁后庚道："说了没关系，我绝不找他。"

白达道："过两天我再告诉你。"

丁后庚道："你是不是跟那个人勾着？"

白达心里笑道："连我还不知道是谁呢？我跟谁勾着呀？"遂说道，"我绝不跟他勾着，你可以放心。"

丁后庚道："那么你怎么知道梅君不在班上？"

白达道："就看见她没在班上。"

丁后庚道："她上哪儿去了？"

白达道："那我怎么能知道呢？"

丁后庚这时真是难过极了，他是说不出道不出。娶漂亮的太太，非得疑心病不可。他又来到班上，一见唐梅君回来了，心里放不下，强作温和的态度说道："方才你上哪儿去了？"

唐梅君道："我上厕所去了。"

丁后庚于是更放了心，说道："我说的呢，方才找了没有你。"

唐梅君道："找我干吗？"

丁后庚结巴道："没，没事，我随便看看。"唐梅君哼了一声，没有言语。

这时同事不知谁说了一句什么，大家便跟着谈起来，越谈越多。他们谈话，并没有一定题目，也没有一定目标，不知谁提出一个话头儿来，别人跟着一附和，参加的人越来越多，题目也就越离越远。不过他们大半不是为发表意见，而是为解除办公时间的苦闷。整天

35

地坐在那里办公，未免感觉枯燥烦闷，又搭着饮食不佳，精神不够，写着写着就要打盹，这时唯一的兴奋剂是聊天。有时发发牢骚，大家出出气。比方大家骂囤积的人，你一句我一句，骂得狗血喷头，于是觉得心平气和了，而囤积家并未听见他们的骂，囤积也仍然囤积。或者这里就有囤积汉，也跟他们一起骂。这年头儿，真是人心不古得厉害了。

这里有个姓沈的，名号一致叫沈执中。这个沈执中最好和人家抬杠，因为好抬杠，所以他的话特别多。他有四十多岁，将近半百了。以这样大的年纪，他的气度还是那么狭窄。他非常自私，一切只有我而无人，师心自用，不顾公德。难得的是人家这样做他就不愿意，而他这样做，就想不起别人愿意不愿意来。对于公事，<u>丝毫</u>不通融，多叫他干一点儿都不成，分配给数若少他一两他都瞪眼。有时大家恨他太自私，可是也莫可奈何他。总想叫他求你你给他钉子碰，但他向来不求人什么。他不懂社会是群众的生活，他不交朋友，朋友也不交他，他也不需要朋友。他看着那些每天熙熙攘攘、奔东走西联络的，认为是多余。说也奇怪，他虽不维持朋友，他也老那么活着，而且也老没有求人帮忙的事。大家每天和他抬杠，又都抬不过他，想在实事上给他钉子碰，而事实上他老没有碰钉子的机会。大家这口气总不出，而也没有办法。

一清早来到班上，沈执中拿着那张报，一直瞧到晌午。早半天的公事不办，完全消耗在看报上。他看报又非常慢，一个字一个字地念。由雷伊泰湾念起，一直到社会一角，小说、广告，以至喜字新闻、捐款报告，都一个字一个字地念着，他看到捐款人名，总感到有许多人都不管拿钱济贫，而拿钱的又不给他。其实他不想想，他又拿钱给过谁呢？大家每天来，总见他一个人抱着一张报看上没完，大家十分有气。可是报是公共的，也不能拦阻他不叫他看，反正先来先看，谁叫大家都没他来得早呢？沈执中为了看报，总是黑天就起来，这种牺牲的精神，别人没有。他来到班上的时候，别人都还在被窝里，听着风声，越发懒得起。既然懒得起，那么沈执中先看报，自然无话可说。大家只有暗中生气。

这里也有不生这闲气的。如闻福清他向来不看报，马湖是看不看都成，看不看都是一样，看过了还是不记得。而白达与丁后庚等就不成了，他们每天总要看看报，他们看报还是不甚注意要闻，只是看看社会新闻，有什么奸杀案没有。唐梅君也抢着看报，她是先看小说，新闻报先看小说，看完小说便把报一扔，谁都没有沈执中看得周到。

这个班上的看报的眼光都不一致，所以老抬杠也就是这个缘故。今天大家忽然想起一个主意，乘着沈执中上厕所的当儿，大家讨论对治之策。大家都说沈执中太自私了，没有团体，只顾他合适，不管人家，非得教训他一回不可。就拿看报来说，他一清早来了，拿着报不撒手，别人都看不着。

白达道："只有一个方法能治他。"

大家问道："什么方法？"

白达道："只有明天比他来得更早，拿起报来不放手，人家传着看，叫他干着急。"

大家赞成，可是谁先早来呢？大家都不言语了。谁也不愿起那么早来拿着报看。

白达道："这不是说了白搭吗？既然不肯早起，那这个权利就得归沈执中。"

大家道："这个主意是你出的，那么应当你来实行。"

白达道："怎么就应当我来实行呢？这是团体大家的事，不是我一个人的事。我早起给你们出气，我不干。"

天下事之失败，大多是这样失败的。团体，永远没有团体，谁也不肯牺牲自己而为团体出气，所以自私的沈执中永远胜利，就是这个缘故。人多倒干不过人少的。别看沈执中一个人，他一个人有一个主意，一个人去实行，一个人得利益，这好办；人一多，倒麻烦了。大家谁也不肯早起来抢这张报，因为这个目的不在抢报，而在出气，假如谁早来有谁给一顿早饭，不用商量，全来得早。为了个人的利益，怎么全成；为了大家的利益，就全后退。

所以闻福清说："你们不成，这地方就得佩服沈执中，人家的见解实在高。杨朱拔一毛而利天下不为，那是圣人。"他以为一有名就是圣人。

大家被他一激将，丁后庚毅然说道："明天我一清早来。"

大家笑道："别人说还可以。你呀，谁信哪！"说完，都笑着看唐梅君。

唐梅君知道大家的意思，便道："打赌吧，明天他要第一个来到怎么办？"

白达道："明天他若第一个早来，不管第一不第一，只要把报拿在手里，不叫沈执中拿了去，大家合着请他一顿午饭。"

这时便有人说道："这里没有我。"一听出钱，立刻退步，这时代真没法儿办了，已然有人发心早起，而出钱还有不肯的。

白达叹了一口气道："一件事办成功，实在不易。就是我们联合起来气气沈执中都办不到，还有什么可说？"

闻福清道："为什么你不早起？"

马湖道："对呀，为什么你不早起？"他总是马后炮。

白达道："我有我的不得已处。"

大家道："我们也有不得已处。"

白达道："那就算了，我这主意算白搭。咱们每天见沈执中看上报不撒手，咱们可谁也别生气！"

丁后庚道："这可不能怨我不发心吧？"

闻福清道："刚发了薪，又发薪？"

大家笑起来，秦放说道："先别笑！老丁愿意早来，就不应当非有一顿饭不可。早来就来得了，何必要打赌？"

唐梅君道："不是我们要打赌的。他说早来，别人还嘲笑他、不信他，不打赌怎么着？"

白达道："所以说团体是不好办，已经有人出头早起，何必笑他？自己不肯早起，就推测人家不能早起，这是不对的。所以沈执中永远不失败，你就得干生气，没办法。这年头必须有真干的人，才能打倒自私的人。自己先自私，还要打倒别人的自私，那绝对办不到。"

马湖道："老白，你这回摇彩配给，得的是什么？"

白达急道："你怎么又岔这个？真糟糕，正经的还没解决呢。"

马湖道："那你们解决吧，我不管，我也不说了，好不好？"

丁后庚道："这样吧，明天还是我早来，你们也不必请客。反正明天让沈执中着一回急，叫他知道他拿着报看别人等着的滋味，以后也就不把着报一个人看了。"

人家说好，这事就算解决了，只等明天出气。大家商量好了，这张报，轮着看不撒手，这一天也不叫沈执中看上这张报，别人不看也得看。大家说着，就觉得很痛快了似的。

白达对丁后庚道："明天就看你的了。"

丁后庚道："没错儿。"

这时沈执中由厕所回来，大家道："来啦，别说了。"于是他们止住了谈话，又说到别的。

沈执中一边搓着手一边道："真冷，真冷！

正说着，科长来了，大家连忙止住话头，低首办公。科长是个大胖子，冬天穿的又多，衣服又肥又大，越胖越怕箍，瘦了箍得出不来气，肥了又透风，透风又冷，于是又要多穿。绒衣、毛衣、小棉袄、大皮袄，外边又套上马褂，再套上一件长毛绒大衣。今天刮风，他特别穿得多，假如可能的话，他很愿意照着木炭汽车的办法，后边用个炉子。大家由老远一看，就像半垛山墙似的。

科长来到办公室门前，想开门进来，但进不来了，穿的太多，门有点窄了。大家看着要笑又不好笑。科长把手杖递进来，听差过去拉，两个人就像拔葱似的，听差竟没把科长拉进来。大家请科长脱了大衣，科长不愿在院子脱大衣，他怕冷。那扇门被风吹得直打科长的屁股。大家遂过去帮助听差拉，这才把科长拉进来。

科长怒道："这个门子太小了，明天得放大一点！"听差答应是是，大家暗笑着。

科长来了不久，就到下班时候。大家陆续出来，还再三嘱咐丁后庚，明天必须早来，气沈执中一回，叫他一天看不着报，以教训他以后不再自私。丁后庚答应着，同唐梅君回家去了。

他一边走着，一边想着，白达怎么会知道那个人是谁呢，这事实在蹊跷，明天还得套一套白达，非问出是谁不可。他想套白达的话，白达想套他的话，两个人都想套对方的话，这真是可笑的喜剧。

他回到家里，刚要吃饭，贾得财来了，提着几个小包儿，说道："还没吃吧？"

丁后庚道："没呢，一块儿吃吧！"

贾得财道："正好，我买了几包酱肉小肚来，这是熏鸡。"说着把包儿一个个打开，说道："吃吧！"

丁后庚道："老兄这么客气，买这么多东西。"

贾得财道："没什么，我这是由城外来，想找你谈谈。因为我还没吃饭，回家吃饭再来，道路上是不经济，想约你出去吃，我想你也做了饭了，所以我在大街上带来点肉，咱们一块儿吃，连丁太太也可以一块儿吃了。"

两人说着，丁后庚便把沈执中怎么自私，不顾公德，看报不撒手，大家定计叫早去，抓住报不叫他看，教训他一回的话说了一遍。

贾得财笑道："这种人就得这么对付他。"其实他也是这种人。贾得财站起来道："明天见，明天我听言，宋明中我约他，明天晚饭我叫桌菜，家里烙点饼什么的就成了。"

丁后庚道："好，好，就那么办，我再打点酒。"

贾得财道："不用，我那里有，我存着不少酒呢。丁太太喜欢喝什么酒，我拿两瓶来。"

唐梅君道："我不会喝呀。"

贾得财道："喝葡萄酒吧，葡萄酒是甜的。"

唐梅君道："那么我谢谢了。"有什么便宜，她都不拒绝的。

丁后庚道："忙什么的？再坐一坐。"

贾得财道："明天见，明天我也许来得早，明天下班能早点吧？"

丁后庚道："可以，如果我忙的时候，我叫她先回来。"

贾得财一听，更喜欢了，他道："得，自是家里有人就成。"

他走了，丁后庚便收拾床铺睡觉。

第二天丁后庚真的一清早就起来，擦了把脸，漱了口，就先上

41

班去了。一出门，西北风儿一吹，吹在脸上就如同针扎着似的。他把大衣的领子竖起来，仍遮不住风，他直后悔，如果知道早起是这么冷，昨天就不发这个愿了。现已无法，只有努力走着。脚指头冻得真疼，口罩都拦不住凉气，一劲儿往嘴里吸溜。今年煤这样贵，而天气又比往年冷。

来到班上，一个人没有，听差正在升火，屋里阴凉阴凉的，他不但不敢脱大衣，甚至连坐下也不敢，在屋里来回地走着。

听差道："丁先生今天早班儿呀。"

丁后庚道："沈先生天天什么时候来？"

听差道："也就是这个时候。"

丁后庚心说："这家伙来得真早。"又问道："报来了吗？"

听差道："报也快，每天报来总跟沈先生前后脚儿。"

丁后庚心想，今天幸而来到头里，不然报就他抢了去。一会儿，报来了，丁后庚便接了过来，伏在桌上看，今天无论如何，这张报是不撒手了。他想到沈执中来了，得不着报看，心里一定够别扭的，想到这里，不由笑了。

又等了一会儿，同事陆续来到。今天大家都来得早些，为是接丁后庚的报。大家来了之后，一见沈执中还没有来，不由十分奇怪。要知他今天来得这么晚，大家只略微提前一会儿就成了。

白达对丁后庚说："你什么时候来的？"

丁后庚道："我早就来了，我来的时候还没升火，屋里和冷窖似的。"

白达道："这张报给我吧，可别丢了，先放在抽屉里。"说着，便把报放在抽屉里，等沈执中来了再拿出来，大家围着看，气气沈执中，也不辜负今天来得这么早。可是今天沈执中为什么来得这么晚呢?

白达问听差的道:"沈先生每天也来得这么晚吗?"

听差的道:"不,早来啦。今天沈先生告假不来了。"

大家一听告假,不由怔了,问道:"怎么知道告假?"

听差道:"昨天下班时递的告假条子。"

大众一听,凉了,本来为早来气沈执中,不料今天沈执中偏巧告假,白来一趟。本为消气,结果反倒更增加起来。大家气得直骂,骂了半天,也没有结果。

白达道:"妈的明天咱们还早来,明天他还告假不告假了?"

听差道:"就告假这一天的,明天上班。"

白达道:"明天老丁仍早来。"

丁后庚道:"我可不早来了,今天真够受罪的。"

秦放道:"明天该白达早来。"

白达道:"我这两天偏赶上有事,明天叫老马来一趟吧,好在老马平日也来得早。"

马湖道:"好,明天我早来。"

大家道:"老马不成,别靠他,他的记性太坏,明天他就忘了。"

白达道:"不要紧,写个条儿。"

大家道:"写条儿他也要忘。"

白达道:"给他写封信叫他带回家去,叫他家里人第二天早晨叫他。"

马湖道:"瞎闹,我绝对忘不了。我好忘是因为我不注意,倘若我一注意,决不会忘。你们老以为我的记性不好,其实不是我的记性不好,而是我不注意。这回我注意了,绝不会忘。"

白达道:"那可没准儿,过一夜就能忘了。"

马湖道："咱们打赌吧。"

白达道："打赌，赌什么的?"

马湖道："你说。"

白达道："一斤花生吧。"

马湖道："好，谁做证人?"

秦放道："我做证人。"

白达道："再加上闻福清。"

闻福清道："干吗呀?"

白达道："请你做证人。"

闻福清道："谁结婚哪?"

大家笑道："不是叫你证婚，是叫你证赌。"

闻福清道："你们立赌局呀?"

白达遂把同马湖打赌的事说了一遍，闻福清道："那老马非输不可。"

马湖道："你怎见得我输呢?"

闻福清道："你一定输。"

马湖道："咱们打赌。"

丁后庚道："跟证人都打了赌，那谁还来做证呀?"

马湖道："我今天可以写个条子，盖上图章，放在抽屉里。明天如果我忘了，我认罚怎么样?"

大家赞成，马湖道："可是一样，你们输了也得拿钱才成。"

大家道："当然，每人一斤花生。"

马湖道："咱们写个字据来，锁在抽屉里。"

大家一听，立刻拿出信纸，一张由马湖写，一张由大家盖章签名。上面写道："立字据人某某，今与某某打赌，定于明日八时以前到班阅报,倘若迟到,情愿受罚花生一斤。"云云。写好了,各盖图章,锁在柜子里。

然后又谈些时事,有人说某人被老道骗了一百六十万,有钱竟肯这样花。有人说,事情不会这么简单,这年头儿谁也不是糊涂傻子,钱也并非少数,倘若没有特殊原因,不会这么花。有这钱叫他搁在粥厂里,他绝不干。又有人说,老道骗了钱贪心不足,致落法网。又有人说,反正钱怎么来怎么出去。大家一直谈到下班,科长才来。大家不管他,到时候都各自回家。科长叫听差的拿公事,听差的把柜子开开,把里面大家未办完的公事,呈给科长看。科长一看里面有两个公事是打赌立约,说明天早来阅报。他十分奇怪,早来阅报干什么呢?报上有什么新闻不成?可是这是什么公事呢?找人人全走了,只好搁起来明天再说。

且说马湖刚要回家,丁后庚却拉住他道:"马老兄,有点事同您说一声。"

马湖道:"什么事?"

丁后庚道:"到我家吃个便饭。"

马湖道:"我知道,你这是一计,今天把我灌醉,明天好叫我晚来,是不是?"

丁后庚道:"你可真多心,你想是你一斤花生值得多还是我的酒和菜值得多?"

马湖道:"那么你找我什么事?"

丁后庚道:"贾得财在我家等你呢。"

马湖道:"贾得财?谁呀?"

丁后庚道:"就是我结婚那天,你们不是熬了一宵吗?他都认识你。"

45

马湖道："噢，就是那个瘦高个子吗？"

丁后庚道："不是，是那胖的。"

马湖道："噢，我想起来了，就是那个大夫是不是？"

丁后庚道："不是，大夫是宋明中，这是商店经理。"

马湖道："他找我什么事呀？"

丁后庚遂把贾得财要拜盟兄弟的话对马湖一说，马湖道："我是无可无不可。不过我不认识，仿佛差一点事。"

丁后庚道："你不认识人家，人家认识你。人家说跟你住过街坊，认识有二十年了。"

他说了一句谎，马湖真信了，他道："那你可别对人家说我说不认识。"

丁后庚道："我不说。"

马湖道："丁太太呢？"

丁后庚道："她先回去了，咱们一块儿走吧。"

于是他们一同走着来到丁后庚家，贾得财已经来了多时，但他说他刚来不大工夫。丁后庚道："你们二位也都认识，不必我介绍了。"

马湖道："认识认识，我同贾爷住过街坊，二十年的老街坊了。哈哈！"他是听丁后庚说的，贾得财可莫名其妙了，他哪里和马湖住过街坊呢？

丁后庚怕露了马脚，连忙道："都不是外人。宋爷来不来？"

贾得财道："来，他等会儿就来。他说还有几个病人他得去看，看完就来了。"

正说着，宋明中来了，进门先道："晚不晚？我特别赶着来的，还有两个病人我没有去看。"其实他并没有治病去，不过这么说着好听，请大夫没有早到的，没事也得在家里多耗一会儿，愣说是给人看病去了，是透着忙。

贾得财道："宋爷是大忙人，现在时令不正，宋爷更得忙了。"

宋明中道："谁说不是，这一程子得感冒的人太多了。"

丁后庚道："这天气怎么变得这样？真奇怪，谁都嚷今年比往年冷。"

宋明中道："冷还是其次，风刮得太邪了。北方往年的冬天，都是静静地来了，静静地去了。今年一说冷，立刻就冷得邪行。年头儿是收人的年头儿呀！"他感叹了一句。

贾得财道："小米面这几天涨得多凶！囤面的都合适了。"

他们谈了一会儿，宋明中道："开开无线电。"

贾得财道："这时没什么可听的吧？"

宋明中道："今天有我的广告。"

丁后庚道："那就听一听。"

遂把收音机开开，宋明中道："现在我的名儿遍九城了，人人都知道。"他扬扬得意。

宋明中就有这么一点毛病，好名，即或花钱在无线电里播播广告，也仿佛很荣誉似的。这时播音员报告广告了，宋明中道："快听！"只听播音员道："宋明中宋大夫专治男妇两科新旧一切百病。"既说专治，又说一切百病。这个专字也不知怎么讲。下面又说："宋明中宋大夫家传儒医，活人无算。宋明中宋大夫医馆，在鬼门关十三号。"一听到鬼门关，又想到宋命终大夫，其不寒而栗可知。

贾得财道："宋爷是成！"

马湖道："我若有这份能耐，我绝不干这公务员。"

丁后庚道："现在当大夫最发财了。"

大家一捧宋明中，宋明中更不知怎么好了。这时贾得财发表换帖的提议，大家赞成。贾得财把兰谱拿了出来，叫大众填写。马湖把自己的三代名讳，竟忘了两代。

丁后庚道："马兄回家再填去也成。"

贾得财道："对啦，明天咱们再会齐了再换，今天咱们先搞好了次序，咱们谁长谁幼。"

说着，大家便各说岁数。马湖把自己的岁数忘了，他道："我今年四十二，不，四十一，是四十一是四十二？去年，我想一想，去年好像是四十，对啦，去年是整寿嘛。不，大概是前年，今年是四十二。"

丁后庚道："到底是四十一是四十二？"

马湖道："是四十二吧。"

贾得财道："若是四十二就跟我一般，四十一比我小一岁。"

马湖道："大概是四十二。"

宋明中道："一边儿大还看月份。"

马湖道："我是六月的生日。"

贾得财道："六月就比我小两个月，我是四月十五的生日，不管你四十一四十二，我是居长了。你算是二爷，宋爷是三爷，后庚是老弟。"

大家排好了次序，贾得财道："我今天带着酒来了，咱们哥儿四个得喝一喝，菜就送来，咱们先布置着。弟妹能烙饼吗？"

丁后庚道："成，她烙得好极了。"

唐梅君道："现在就烙吗？"

贾得财道："烙吧，菜来就一块儿吃了。"

正说着，送菜的来了，他们连忙抬好了桌子，唐梅君烙着饼，他们布置筷。贾得财斟上酒，他们先喝着。

马湖道："我可不能喝酒。"

贾得财道："老二多喝一点儿，没关系。"

丁后庚道："二哥不能喝，并且他明天还有事呢。"

贾得财道："什么事？"

丁后庚道："明天他还早起来上班呢。"说着，把今天办的事告了一遍。

贾得财道："说真格的，今天不是你早去吗？怎么样？抢着报没有？"

丁后庚道："嘻，还提哪？今天我倒是起得挺早，谁知沈执中这家伙没有去，我白去了，大家气得什么似的。都说像沈执中这样自私的人，老天爷怎么会给他运气？"

贾得财道："明天怎么样？"

丁后庚道："明天他上班了，只要马二哥起得早，一定可以气他。"

马湖道："我一定去得早。"

丁后庚道："二哥可别忘了，明天气不了他，反叫他气了咱们，那非得气死不可。"

宋明中道："气着不要紧，我可以开方卖药，一治就好。"

丁后庚道："用药治不如人治，明天只要能教训沈执中一次，大家就出了气。这家伙太自私了，聚餐他永远不掏钱，跟大家尽抬杠。这回教训他一回，叫他知道知道群力是不可犯的。"

大家谈着，酒足饭饱，贾得财还要打牌。马湖打牌的技术不成，若是有五六张条子，他就摆不开闹不清了，而且他明天还要早起。况且他又没有钱，贾得财也不愿意他打，他一走，唐梅君非算上一把不可了。有这种种理由，马湖遂回家去了。丁后庚告诉他别忘了，唐梅君道："我有个主意，您就口里老念着：明天早起，明天早起，明天早起，一直念到家里。跟家里人一说，再忘了也不要紧的，明天自有家里人叫您早起。"

马湖点头，认为很对。丁后庚道："我再写个条儿，您手里拿着，到家里一见纸条就会想起来。您再一边走着一边念着。"

于是丁后庚又写了条儿，马湖拿着回去了。

要知明天马湖是否忘了早起，大家和那自私的沈执中斗得如何，出了气没有？且看下章。

第二章　二郎神

不提马湖回家，且说贾得财和宋明中在丁后庚家里打牌，因为三缺一，所以把唐梅君也加上，由贾得财给她拿钱。他们一边打着牌，一边说着话，宋明中又说到他的事情如何忙，不管门诊外诊，一天都推不开。

唐梅君道："您在这里打牌，一定又耽误不少买卖吧？"

宋明中道："可不是？刚才我出来的时候，好几处都找我，我全推了。"

唐梅君道："那不太残忍了吗？"

宋明中道："那没有办法，当大夫的就得心狠，不心狠就发不了财。"今之医和古之医不大一样了，古医是救人，今医是救自己。

贾得财道："可也是，这年头善门难开，你尽救人，到时候谁来救你？"一个个都是自私的。

他们正说着，忽然宋明中的家里有人来找他。叫了进来一看，是他的儿子宋小六，小六有十岁了，还没上学。先是考了几个学校都没考上，考私立的是要钱多，他不叫去了，自己在家里教他字号儿，跟着背诵本草，将来成为世代儒医。

小六进来，宋明中道："给贾伯伯行礼。这是丁叔，这是丁

51

婶儿。"

小六鞠躬行礼，贾得财道："挺有出息的，来，大爷给你几个钱。"说着，给了他十块钱。

丁后庚道："我也给几块钱。"说着也给了他十块钱，又说道，"得，连婶儿也在里边了。"

宋明中道："哪有一见面就给钱的？"

贾得财道："头一次，这是见面礼儿。"

宋明中道："干吗来了？有事吗？"

小六道："您快回去吧，我妈叫我找您来，叫您赶快回去呢。"

宋明中道："是不是刘处长的太太找我看病？"他故意这样问，以表示他的医道宽广。

小六道："不是，有人跟我妈打起来了。"

宋明中一听，不由一惊，大家也为之一惊。便道："为什么呢？"

小六道："一个老娘儿们，带着一个巡警，愣说爸爸把她的孩子治死了，叫巡警打官司。您要不回去，就把妈带走了。"

宋明中一听，又惧又愧又气，他道："你这孩子，什么也不懂，大概是刘处长太太有马弁跟着。我得回去看看。"

孩子若是明白，他就不再言语了，偏偏小六不明白，他道："是巡警，那娘儿们还直骂大街呢。"

宋明中道："没有的话，我这些日子就没给小孩儿瞧病。"

贾得财道："大概是找错了，老三回去看看，打发走了得了。这年头儿骗子太多，你不在家，剩下三弟妹一个人，回头再损失点什么。"

宋明中道："对，大哥说得有理，这一定是骗子。"

小六道："不是，这老娘儿们我看见过几回，昨天还到咱们家

52

瞧病。"

宋明中打了小六一个耳刮子，骂道："吃货，你知道什么？这年头的骗子都预先埋伏好了，叫你不疑，你懂得什么？"把小六打得一怔一怔的。

贾得财道："他不懂得什么，这事多么深沉呢！老三说得有理，骗子都是预先埋伏好了的，故意先到你那里看病，然后骗你，要不然怎么趁你不在家时她才去呢？快回去吧，若是有什么麻烦事，赶紧叫小六回来告诉我们一个话儿，我们好想办法。"

宋明中道："没什么，我先回去了大哥。"

贾得财道："回去吧，明天见。"

宋明中急忙带着小六走了，唐梅君道："说不定宋太太还叫骗子蒙了钱去呢。"

贾得财哈哈大笑道："弟妹心眼儿真实，我说是骗子为给老三面子好看，不然他脸下不去。这一定是老三开错了方子，把孩子治坏，人家找来不答应。"

唐梅君道："那么这一说一定要打官司了？"

贾得财道："那可不是？这官司还真麻烦，若是他开的方子还没有多大毛病，也就罚几个钱算了。倘若方子开得不对，那非得摘牌子不可。"

唐梅君道："什么叫摘牌子？"

贾得财道："摘牌子就是取消他行医的资格，他以后就不能吃这碗饭了。"

丁后庚道："那可真麻烦了。"

贾得财道："说麻烦也不麻烦，只要肯花钱，任事没有。"

他们说了一会儿话，见宋明中没有来，贾得财道："我也走了，明天到宋老三那里看看去。晚上我也许来。"

丁后庚道："明天这儿吃饭来。"

贾得财道："不必等我，没准儿，明天我来就带点菜来。"

丁后庚道："干吗还带菜？今天吃剩下的，明天还够吃一顿的。"

贾得财道："明天再说吧。"

唐梅君道："这里还有您的钱，您不带着吗？"

贾得财道："我不带着了，明天您拿着打牌吧。"

丁后庚道："哪有叫大哥这样花钱的？"

贾得财道："这又有什么的？"

说着，丁后庚两口子把贾得财送到门外，回来收拾牌桌。他们谈到明天马湖不知能不能早起，唐梅君道："我看他非忘了不可。"

丁后庚道："不会，写着条儿再忘了，那可太糟心了。"

不谈他们安歇，再说马湖从他们这里出来，一边走着一边口里念着："明天早起……"一直念到家里，一边拍着门环一边还念着。

里边问道："谁呀？"

马湖道："明天早起。"

里边人道："找赵文启呀？"于是又喊道："找赵家的。"

赵家太太出来开门一看，是马湖，便道："哟，马先生呀，马太太说是找我们的。"

马湖道："劳驾了，她听错了。"说着关门进来。

马太太一见便道："我问是谁，你怎么说找赵文启？"

马湖道："我说明天早起，谁说赵文启了？你听错了。"说着走进屋里来。

马太太道："你吃饭了吗？今天怎么这么晚回来？"

马湖道："我上丁后庚家里去了，在他那里吃的。"

马太太道："干吗在人家那里吃呀？"

马湖这才想起来，把和贾得财、宋明中、丁后庚一块儿换帖的话说了一遍。说着，由手里掉下一个纸团儿来，马湖并没有注意。马太太看见了，说道："掉下一个纸团儿是什么？"

马湖道："没有什么。"

马太太拾了起来，打开一看，里边写着四个字，忙问道："这是什么字？"

马湖一看，忙道："噢，我想起来了，明天你早起叫我一声，明天我要早上班。"

马太太道："早上班有事呀？"

马湖道："明天早起和人家打赌。"

马太太道："打什么赌呀？"马湖遂把班上大家商量的事说了一遍。

马太太道："你可别得罪人哪！"

马湖道："得罪不了，明天你早叫我吧。"

马太太道："你别听他们的。"

马湖道："没关系。"

他由兜里掏出兰谱来，遂道："哟，我还忘了一件事，咱们三代我都忘了，查一查，明天还得填上。"说着，便查了查牌位，把兰谱填好，便自睡去。

第二天马太太一早起来把他叫醒，要不是叫他，他真把这个茬儿忘了。他漱了口洗了脸，匆忙到班上来了。

到了班上，和昨天丁后庚的情形一个样，听差的刚升火，见了马湖便道："马先生今天这么早？"

马湖道："今天起得早。"说着，两只手揣在袖子里，来回地走，他非常得意，今天未负使命，果然能够早来，同事将要惊叹他的记忆力并不算坏了。正想着，沈执中来了，马湖非常得意，今天沈执中总算来到后头。

沈执中一见马湖，便道："嚄，老马今天来得早。"

马湖道："可不是，今天你可来在后头。"

沈执中道："昨天有什么事没有？"

马湖想了想道："没什么事，你昨天怎么没有来？"

沈执中道："昨天家里有点事。"

他们说了几句话，沈执中便拿出公事来办，马湖也照旧办公事。这时报来了，听差拿进来，沈执中连忙要过看。

一会儿，同事都陆续来到，一见马湖早来了。马湖也特别高兴，逢人便道："我今天是第一个来的，我来时老沈还没来呢。是不是，老沈？"

沈执中一边看报一边说道："今天老马来得是早。"

白达一见报仍在沈执中手里，不由越加生气，他道："你这马后炮，拿出钱来买一斤栗子。"

马湖道："凭什么？"

白达道："昨天是你立的字样打赌。"

马湖道："我并没有输呀？今天是我头一个来的。"

白达道："你头一个来的有什么用？你早来的目的是什么？"

马湖一听，这才想起来，一见报在沈执中手里拿着，不由怔了。

白达道："拿出二十块钱来，叫听差买一斤栗子去。"马湖若是拿二十块钱，当然心疼他的境遇了，也拿不出来的。

丁后庚道："得了，不用罚了。"

白达瞪眼道："那不成，团体的规矩不能叫他破了，怎么定的怎

56

么罚，这里还有证人呢。"

丁后庚道："赌约并没有写着报纸问题。"

白达道："谁说没写着？快拿出钱来，不然由证人代罚。"说着，便向闻福清要钱。

闻福清道："我记得赌约上也没有写着报。"

白达道："咱们拿出来看。"

沈执中道："怎么一回事？"

白达道："你不用管，没有你什么事。"说道，便开了柜子，把昨天的赌约拿出来一看，果写着报纸，可是赌约后由科长批上了。科长以为是什么公事，在上头批着："不像官事，着勿庸议。"大家一看，不禁哑然失笑。

丁后庚道："得，这是科长批的，当然不算数。"

白达道："那不成，立约的时候就没有科长什么事，他批的无效。"

秦放道："这样，明天再罚他一次吧。"

白达道："明天他再忘了呢？"

秦放道："还有后天，后天忘了，还是大后天。多咱办到了多咱算数。"

白达道："那咱们早得气死了。"

可是除了这样也没办法，不能逼着马湖非要钱不可。而沈执中却一个人拿着报看，非常消闲的样子。他气急了，走过去道："老沈，有什么新闻，咱们看看。"

沈执中道："我还没看完呢。"

白达道："报不能由你一个人看。"

沈执中道："谁叫你不早来呢？你要早来先看了报，我绝不抢

57

你的。"

白达道："那你也不能老看，该我看了。"说着就要去夺。

秦放道："老白不要那样，用武力抢过来也当不了出气，那归为你没理，还是想法早来。"

白达道："早来什么，他都明白了。"

沈执中道："我最讲理，谁先来谁先看报，挤配给不是还得一列厉行呢吗？"

白达气得无法，他坐在办公室桌上，做了一首诗，诗曰："可气马后炮，真正瞎胡调。纵然来得早，还是忘了报。"写完了，贴在墙上，大家一看，也觉好笑。可是好笑完了，这口气仍然不能出，反而更加上气了。马湖被大家讥讽，也觉生气，生气自己的脑子怎么这样坏，他发誓明天非早来不可，拿着报看不撒手，不但要气沈执中，而且还要气气大众，这年头儿还是要学沈执中。沈执中这张报，一直到正午下班，才放下不看。

他出去吃饭，大家凑在一起，又来讨论对付沈执中的办法。白达道："别想主意了，那都是白搭，咱们两回想气沈执中，都没气成，反而自己倒生了一肚子气，我不干了。不气他，自己气还小点，一气他气不成，自己倒更生气。"

丁后庚道："咱们想主意在别的方法上对付沈执中。譬如咱们聚餐，他一定不加入。其时咱们把科长请上，等科长赴席时，咱们故意说沈执中不愿意请科长，次时咱们可对沈执中说昨天聚餐有科长参加，凡是在座的人，新年都要加薪。沈执中听了，非气坏了不可。他一定后悔不合群，所以落在后面，叫他知道孤独的坏处。"

大家一听，这个方法少说也得拿五十块钱，新年咱们还送礼不送。大家一听，又为了难。

闻福清道："这样办不经济。"

唐梅君道："我就纳闷，这么些人，会对付不了一个沈执中？"

大家一听，果然更气起来。丁后庚道："这别忙，反正有堵上他的那一天。马二哥不是天天早来吗？这就不会忘了。"

大家说了一会儿，又上班了，沈执中走来说："你说现在有钱的多不多？"他不是问谁，谁也没理他。他自己回答道："有钱的还是不少。这都是囤积倒把的暴发户儿。你看街上，人人是一打子一打子的洋钱票。"

马湖道："我就不明白，即或倒把，赚了不少钱，可是再拿那些钱买原来的东西，仍然买不回来呀？怎么叫赚钱呢？"

沈执中道："你糊涂呀？不能老倒一样东西，不用说多，只要两样东西来回倒，就能赚钱。比方今年书的行市贵得厉害，一本书都超过一百倍了，这时卖书卖粮食最合算。"

马湖道："怎么合算呢？"

沈执中道："比方说吧，在事变前，一袋面两块钱，一本书也两块钱，当然书和洋面是一样的价值。可是直到去年，洋面涨了一百多倍，比方说二百块钱买一袋洋面，而两块钱的一本书，只能卖到二十块钱。这时卖了洋面去买书，可以买到十本，是不是哪？今年的书价也涨到一百多倍了，一本书涨到二百块钱了，洋面卖到六百块钱一袋，似乎洋面仍比书多，可是你十本书合在一起，不就是两千块钱了吗？以两千块钱买一袋面，不是还剩一千四百块钱呢吗？这一千四百块钱，不是白赚的吗？这还是两块钱的一本书倒得这样儿。若是有几千几万的，不是赚了更多了吗？我说的还仅仅限于书跟洋面两种，若是再倒西药、布匹、肥皂等等，那两年的工夫就可以变为巨富。"

唐梅君道："那不是还得等行市吗？若是等不上呢？"

沈执中道："没有等不上的。现在洋面的行市不是眼看着涨吗？到明年卖了面再买别的，准能赚钱。这还是老实的做法，如果有大资本会操纵的话，那更赚得多。"

丁后庚道："那穷人可倒了霉了。"

沈执中道："那还管什么穷人呢？这年头儿自己安适就得。"

丁后庚道："你这人哪，没准儿怎么死呢。"

沈执中道："还管怎么死？我先舒服是真的。"

唐梅君道："你这一辈子准没有求人的时候吗？"

沈执中道："我绝对不求人。"

唐梅君道："那你穿的衣服是不是布做的？这布是哪儿来的？没有农人给你种棉花，没有工人给你织了布，没有商人给你运来，你能穿上衣服吗？"

沈执中道："但我并没有求他们呀！是他们自己愿意种棉花，是他们自己愿意织成布，是他们自己愿意运来卖。我花钱买，这是权利义务，说不到什么求不求。农人种棉花为是换钱，工人织布为是要工钱吃饭，商人运布为是赚钱，我花钱买东西，他们就得管我叫财神爷，我凭什么求他们呢？"他真能抬杠，抬得唐梅君竟回答不出来。

丁后庚道："可是你哪儿来的钱呢？你不求人就能来钱吗？"

沈执中道："我卖力气我得钱，求人干吗？我不白拿人家的钱，我有我的职务。"

丁后庚道："你有你的职务，你为什么不办公？一早晨光看报？"

沈执中道："那是上梁不正底梁歪，上头不干事，为什么我干事？这是他们办得不好，不能怨我不努力。"

丁后庚虽然知道他强词夺理，但也无话可说，白达道："假如你的职业要吹了呢？"

沈执中道："凭什么吹呀？也得有理由，公事我没耽误，做事没有错儿，谁能不要？有的拿干薪不来的都照样做事，为什么我就吹了呢？"

白达道："没理由，硬叫你吹了，你有什么办法？"

沈执中道："天下没有不讲理的事。"

白达道："你就不讲理。"

沈执中道："我怎么不讲理了？硬要我吹了，是谁不讲理呀？"

秦放道："天下有个公理是不是？"

沈执中道："当然哪。"

秦放道："既是公理，就是群众的，不是个人的。你既不求人，为什么在群众的公理里生活着？"

这回驳得有点劲儿，大家都以为沈执中一定回答不出了。沈执中道："我没在公理里生活呀。"

秦放道："那你为什么也求救于公理呢？"

沈执中道："公理是你们的，我叫公理来管教你们，于我无干的。"

大家觉得沈执中真有点强词夺理，十分生气，可是又抬不过他。闻福清因为耳朵聋，也不愿意抬杠，他若是抬起杠来，那是越抬越远，若是和沈执中两个人抬，能够由洋面抬到女人养孩子。沈执中老有的说，而且他老有理由。大家光生气，一点办法没有。

这时科长来了，大家停止抬杠，照旧办公。科长想起昨天有件公事，是闻福清什么证人，遂叫听差把闻福清找来。

听差到闻福清的桌前说道："闻先生，科长请。"闻福清立刻到

61

科长室去了。

闻福清一见科长心里便不自然，老怕耳朵不跟劲一着急，火一上来，耳朵却更听不见了。

科长道："昨天是谁拟的公事？"

闻福清道："西红柿？现在没有了。"

科长道："就是那个打赌。"

闻福清道："白薯现在生的都三块多钱一斤了吧？"

科长一皱眉一摇头，嫌他的耳朵不济事。闻福清道："最近由保定运来的西红柿很好。"

科长仍旧摇头，说道："我没问你这个。"

闻福清道："我倒不那么累，是。"

科长有点着急，说道："你的耳朵得治一治呀！"

闻福清道："是不是呀，是呀。"

科长心说："也不知什么跟什么。"又大点声说道，"你的耳朵得瞧一瞧去。"

闻福清笑道："聊一聊，我可以陪着您。"

科长道："唉，我叫你看一看去。"

闻福清道："谈一谈也好。"

科长急道："你的耳朵一点用没有，真是白搭。"

闻福清道："白达，是，我给您叫去。"

说着，他竟走出来，对白达道："白达，科长请你。"

白达道："什么事？"

闻福清道："聊一聊。"

白达一听聊一聊，十分奇怪，连大家都纳闷，觉得科长没有和同人聊过天哪。

白达去了，科长一见白达来了，因为同闻福清大声说惯了，所以也和白达大声说起来。他道："昨天你们上什么公事，什么打赌早来抢报，是怎么一回事？"

白达以为科长大声说话是生气了呢，遂道："那都是沈执中闹的。"他给沈执中加上"言"了。

科长道："怎么会是沈执中闹的？"

白达遂把沈执中一个人看报不给别人看的事一说，科长一听，不由说道："报是公共的，不能一个人看不给别人看。可是他要看的时候，你们也不能硬抢他的。"他的话两面占着，要不怎么是科长呢。

白达走出来，闻福清道："科头儿找你聊什么？"

白达道："科长说报纸是公共的，不能一个人把着看。"

沈执中道："你不必拿科长唬我，反正看报也得有个先来后到。我正看着，你横竖不能抢。"

白达道："明天我一早就来，拿着报我看一天。"

沈执中道："你要先拿着报，我绝不抢你的。"

白达本来是心里话，气得都说了出来。秦放道："要想出气的话，就得一声不语办了，不能气人，若是说了出来，那还有什么劲？"

白达道："那你就不用管了，我爱这样。"他们两个人倒要吵起来。

丁后庚等连忙给劝开了，说道："我们是站在一条线上的，自己若吵起来，岂不破坏了团体？"

团体的事，就是这样，大家谈得没有结果，又到下班的时候。今天是唐梅君值班，她再晚走两个钟头，丁后庚要先走，他又不放心唐梅君，想在这里等她两个钟头，又怕大家笑话。他道："你先回家，我替你值班去。"

丁后庚道："马二哥，在这儿多待会儿吧！"

马湖以为他是在试探自己，连忙说道："不，我得早回去。"

丁后庚心说："真是老废物。"他希望唐梅君叫他晚回去同她一块儿走，但唐梅君却说："你还不去？今天贾大哥还许去呢。"

丁后庚心里说不出的不痛快，遂同别人走了出来。班上就剩了唐梅君和秦放两个人，丁后庚心里难过。他不断地推测秦放和唐梅君如何谈情说爱，仿佛真有其事似的。

回到家里，果然贾得财来了，他道："老四今天回来晚点儿？"

丁后庚道："对啦，晚十来分钟。大哥什么时候来的？"

贾得财道："刚进门，我给你们带袋面来，这两天面的行市太大了。我那里存着几袋，送给你们一袋。"

丁后庚便道："大哥这样客气，来一趟花一趟钱，我们真不落忍。"

贾得财道："那有什么的？弟妹呢？怎么没一块儿回来？"

丁后庚道："她今天值班，回来晚点儿。"

贾得财一听，早知道值班，今天先不必带这袋面来呢。他道："其实值班也没什么事，瞎闹。"

丁后庚道："可不是，就是耗时候。三哥怎么样了，您去了没有？"

贾得财道："去了，有人出来给说和了，私了也好，这年头儿得了就了，一打官司是两不上算。"

丁后庚道："大概得赔人些钱。"

贾得财道："当然，老三倒霉就是了，合该破财。可是现在赔个千儿八百的，也当不了多少钱。"

他们谈到天黑，电灯都着了，可是唐梅君还没回来。贾得财道："值班是几个钟头？"

丁后庚道："也就两个钟头，平常谁也待不了两个钟头就走。"

贾得财道："这一说弟妹该回来了。"

丁后庚道："大概真有点事。"

又说了一会儿话，丁后庚心里老想着唐梅君这么晚还不回来，一定同秦放上咖啡馆。不是上咖啡馆，只在班上，两个人就足够谈心的呢。他越想越不痛快，秦放这小子得想法治他，叫他一块儿走，他偏不走，又不能说他什么。唐梅君也贱骨头，水性杨花。

贾得财见丁后庚不大爱说话，以为他是嫌自己来得勤了，唐梅君所以晚回来，也许是他们故意躲避着自己。人在动情的时候，往往多心好疑，贾得财坐不住了，他道："过两天见，我走了。"

丁后庚道："忙什么大哥，吃完饭再走。"

贾得财道："不啦，我还有点事，过两天见。今天我就送这个面来。"

丁后庚道："大哥真客气，谢谢您。"说着，把贾得财送出来，自己回到屋里，越想越气，想着唐梅君若是回来，非得揍她一顿不可。

正想着，唐梅君回来了，丁后庚道："你怎么这么晚回来？"说时很生气的样子。

唐梅君道："我走着回来的。电车挤不上去，洋车跟我要二十五块，我不走怎么着？我若是有钱，我不比你会坐三轮？"

丁后庚一听，不但自己的火儿下去了，而且还恐怕唐梅君生气。她真要说出嫁一个没钱的汉，自己也得听着，那是多么难受呢！他

65

道："贾大哥来了，等你半天。"

唐梅君道："等我干什么呀？"

丁后庚道："人家给送来一袋面，等着你回来一块儿吃饭，你老不回来。"

唐梅君道："是吗？我说怎么会有一袋面呢？贾大哥跟咱们真不坏，我觉得那人很诚实的。"

丁后庚道："是呀，人家真不错，跟咱们花了有一千多块了。虽然吃了咱们两三顿饭，那也差得远着呢。他再来的时候，想着给人家道谢。"

唐梅君道："我比你明白。"

丁后庚道："秦放什么时候走的？"

唐梅君道："你们走了没一会儿他就走了。"

丁后庚放了心，他道："我以为他要陪着你值班呢。"

唐梅君道："所以秦放就这样好，哪回我值班，他都陪着我。"她净看了人家陪着她，她不想人家陪她的缘故。

丁后庚道："哼，所以你认识不清，凡是对你甜言蜜语的男人，都不会对你有诚意的。"

唐梅君道："那你不是也对我甜言蜜语的吗？那么你对我没有诚意了？"

丁后庚虽然知道她是强辩，但自己也无话可说。结结巴巴地道："我不能跟他们相提并论。"

唐梅君道："你老是这么特别嘛。"

丁后庚也就以一笑了之，而心里总是不舒服的。若是没有洞房中的那一幕，他也不会这么疑心她的，洞房的一幕深深地印在丁后庚脑子里，不但不会忘，而且精神上永远被牵扯。结婚，实在是一

66

个大问题，而恋爱尤其关乎终身的痛苦。一般青年徒图一时之快，忽略了一生的幸福，实在可惜。而女人的贻误青年，其功罪也颇不轻。他们都说沈执中自私，其实他们比沈执中还自私。不合群也并不就是自私。女人比谁都好群，而女人比谁都自私。结婚而娶一位好自私的太太，那一辈子也纠缠不清。说感情她是偏的，讲理她是歪的，她拿正的当作歪曲，她又拿她的歪曲当作正的。若说聪明，比谁都聪明，可是那种聪明是浅浮的、表面的。丁后庚的聪明达不到解脱唐梅君的程度，所以他将永远受着痛苦。一件一件地往脑子里增添，到众苦聚满的时候，他就一点快乐没有了。他一边有痛苦，一边还增加他的疑惑。唐梅君的一言一语，他都要思量一番，是不是受到秦放的影响。第二天起来，唐梅君多擦了一点唇膏，他就疑心是不是为了秦放涂的。人一旦陷入这种痛苦，就永远不会自拔的了。除非能够整个儿解脱。

他们一块儿来到班上。白达拿着一张报对他们说道："看报不看？"说时面现得意的样子。他今天来得特别早，专为和沈执中争这口气，把报纸拿在手里看个没完，谁来了他便给谁看，表示他今天来得早。

丁后庚当然支持他，忙道："有什么新闻？我看看！"

白达道："这回配给又有消息了，一个人三袋儿。你瞧这儿登着呢。"他是在气沈执中，叫沈执中想看报而看不着。

丁后庚知道他的意思，便道："可不是，真的，一个人三袋，还有杂粮一百斤呢。"

沈执中知道他们是说谎，根本不会有这种事的，他一声不语。

唐梅君跑了过来道："在哪儿登着呢？我看看！"

丁后庚向她一使眼色，说道："你瞧，不是这儿登着呢吗？"

唐梅君一眼看见溜冰的消息，遂道："哎呀，今年我还没溜冰呢，这个礼拜日我得溜冰了。谁同我去溜冰？"

丁后庚一听，又凉了半截儿。他不会溜冰，连冰鞋都没有，这个机会还得给秦放。做丈夫的必须样样都得比太太强。

丁后庚道："你瞧，人家说着这个，你又谈着那个。"

唐梅君道："我说我的，你们说你们的，你还能拦着我不说话？"

丁后庚道："不是，我是说先谈完这个问题然后再谈溜冰的。今年我还要溜溜呢。老秦，咱们一块儿溜。"他表示一大方，其实是怕秦放独占了机会去。

秦放道："我不同你溜，你不会呀。"

丁后庚实在难堪，他道："你们教给我呀！"只好往圆里说。

唐梅君道："喂，咱们新年放假不放假？"

白达道："当然放假。"

唐梅君道："放假才有意思呢。"

白达道："放假咱们打小牌儿吧。"

唐梅君道："到我家里去。后庚，咱们把贾大哥也约上。"

丁后庚道："好极啦！都是谁去？"

白达道："我去。"

他正说着，忽然沈执中把报纸拿了去。秦放一努嘴儿，白达回头一看，忙道："嗐，我还没看完呢。"

沈执中道："你没看完你不看？你说着话，就是看完了。报放在那里不准别人看吗？"

白达道："你怎么把着不准别人看呢？"

沈执中道："我正看着，你是没有看，把报放在桌上，自然就得叫人看。"他说的也满有理，谁叫你光顾了说话而不看报呢？

68

白达气得恨不能给沈执中两个嘴巴，他道："走着瞧，咱们搁着这个茬儿。"

沈执中不理他，且慢慢看报。唐梅君道："先别抬杠，除夕到我那儿打一夜牌去。有秦放、有白达……"

白达道："我是个饶头，白搭嘛。"

他们说笑着，把这个事情就揭过去了。白达坐在桌旁，又作了一首诗，他最近非常爱作诗，每逢心里有什么不痛快，便作一首，一作诗，心里就痛快了似的。

他的诗是流口辙，诗曰："可恨沈执中，心里太不公。一朝权在手，气你出虚恭。"写得了，非常得意，心里立刻痛快了。把诗压在玻璃板底下，他总是拿诗来出气的。他的玻璃板底下，已经压了好多的诗了。他计算一下，有好多的事都没结果呢。比方气沈执中总气不成，反而老受他的气，这始终没有报复呢。还有丁后庚和唐梅君到底因为什么在洞房里哭，这个谜也是始终没有探出来。

不提白达一个人捣鬼。在这个班上，各人捣各人的鬼，各人有各人的心事。别看马湖，心事更多，因为心事太多，所以脑子才照顾不过来。到了星期日，唐梅君要到溜冰场溜冰，丁后庚虽然不会，又不能不跟着，他决心要把溜冰学会。他买不起冰鞋，一双冰鞋得一千多块，他只有和别人借，别人有的还要自己用。唐梅君告诉他说溜冰场有出赁的，穿一次给多少钱。丁后庚无法，谁叫娶了一位会溜冰的太太呢。他同着她去了，到了溜冰场，他赁了一双鞋，没有一双合适的，冰鞋又不同别的鞋，差一点儿没关系，冰鞋若是差一点儿，就时常摔跟头，并且永远练不好。而丁后庚因为要跟着唐梅君，不能不凑合。挑了一双差不多的换上了，还没到冰上就要摔跟头。他心想唐梅君一定会扶着他，谁知唐梅君却一个人在头里跑了。她是不愿意跟不会溜的在一起，尤其是丁后庚是她的丈夫，她觉得叫人看着她有一个不会溜冰的丈夫，自己实在不好看的。

丁后庚一步一步挨到冰上，脚刚一挨冰，便摔了一跤。他的脸红了，他以为别人都在笑他。其实摔跟头乃"冰"家常事，谁也不笑话谁，不过初学的人，心里总不舒服。他爬起来，还没站稳，一个人疾驰而至，一闪从他的身边掠过，他吓了一跳，又摔了一个跟头。他心里真不得劲，想到唐梅君看着自己摔跟头，不知如何态度，他也无暇去找她，只有一个人慢慢站起来，连动都不敢动。往冰场上望了望，一个个溜来溜去，十分写意。他恨自己在学校时何不学学，只有慢慢地蹭往当中没有人的地方一站，再想法子。一边蹭一边坐，跟前不断地有穿梭一般的溜冰者，看着都眼晕，时常要跌倒，幸而他老留神，两只手先扶了冰，就不致摔仰八脚儿了。蹭到中间，往四下里一看，看见唐梅君了。他这时感到唐梅君没有一点夫妻情义，把自己抛在这里，她一个人溜去了。可是又一想，总怨自己不成，别人夫妻或情侣，都是男的照顾女人，哪有女人照顾男人的？他看见别的一男一女携手同溜，自己恨不能马上会了，也和唐梅君携着手儿溜，叫人看着多么羡慕。

但是他不知道唐梅君的心理，唐梅君是不喜欢同丈夫在一起，而专门喜欢和别的男人在一起的。有人说结婚是坟墓，这话一半指着男人说的，而一半也是指着女人说的。不同她结婚，老和她交朋友，她倒能常同你去玩儿，同你在一起。一结了婚，她反倒不愿意和你在一起了，这是她的天性。这时丁后庚看见秦放了，和唐梅君在一起溜。秦放溜得很好，所以唐梅君愿意和他在一起，而不愿意和丁后庚在一起，丁后庚好不容易蹭到她的身边，她又溜到别处去了。丁后庚实在不高兴，本来溜冰就是为监视唐梅君的行动，叫她只有陪着自己玩儿，而不能和别人玩儿。谁知来到这里，自顾还不暇，哪里有工夫干涉唐梅君的行动？他想叫唐梅君溜去，可是唐梅君总是离着他很远。

这时秦放倒走了过来，他不好意思不和丁后庚打招呼，说道："老丁，什么时候来的？"

丁后庚道："刚来，我溜不好怎么办？"

秦放道："哪能一下就会？慢慢地来。就那么蹭着就成。"

唐梅君这时也凑过来，丁后庚十分不高兴，可是当着秦放又不能表示出来，他道："咱们回去吧。今天贾大哥还许要去。"

唐梅君道："他去他的，刚来就要走，我还没过瘾呢。"原来溜冰也有瘾。

丁后庚道："真没意思，早知道我不来了。"

唐梅君道："那你现在就回去也成呀。"

丁后庚心里这难受就别提了，他想道："结婚是什么意义？"

他对秦放道："到我家打牌玩去好不好？"

秦放道："不够手儿呀。"

丁后庚道："现在已经有了我们三个人了，今天还许有人到我家去，足够打的。"

秦放看了唐梅君一眼，唐梅君道："也好，回家打牌去。"

秦放道："好吧，我们上岸换鞋去。"说着，他和唐梅君溜到岸上换鞋去了。

丁后庚只得一点一点地蹭，心里稍微一急，便立刻摔跟头。他心里想着秦放和唐梅君两个人在岸上换鞋，说说笑笑，一定还要笑自己不会溜冰呢。想到这里，他恨不能两手扶在冰上，爬了过去。好不容易来到岸上，唐梅君等已经换好了鞋多时了。

71

丁后庚道："我再也不受这个罪了。"

秦放道："你不这样练不出来，我从前也是这样学会了的。"

丁后庚一听他也是这样学会了的，心里才有些安慰。

他们回到家里，果然贾得财来了，贾得财见他们没在家，刚要走，在门口儿碰上了，他们又把他迎回来。丁后庚道："我们正盼着大哥呢，大哥怎么这些日子没有来？"

贾得财一听，知道人家并没有嫌弃自己，他当然不能说不好意思来，只得说："嗬，这两天把我忙得可以，卖了一批糖瓜儿。"

唐梅君道："赚钱请客。"

贾得财道："一定请客，今天特为来跟您要日子，您定日子定地方，好不好？"

丁后庚道："她就那么好说笑话，大哥不要听她的。"

贾得财道："不，我并不是听她的，我今天来也是为这档子事来的。"他知道非请客不足以得人心。

唐梅君笑道："我一猜大哥就是为这事来的。"她倒抓住了贾得财的心理了。

丁后庚道："我先给介绍一下，回头好说话儿。这是贾得财贾大哥，我的大拜兄。这是秦放秦先生，我们的同事。"

贾得财和秦放互相行礼，秦放见贾得财满脸商人气，丁后庚会同他拜把兄弟，一定是看他有钱哪。贾得财能同他拜把兄弟，一定是看见唐梅君漂亮的缘故。他对于贾得财十分看不起。贾得财见秦放是个漂亮青年，也非常嫉妒。

丁后庚道："咱们打牌吧。"

正说着，白达和马湖也来了，大家一看，十分喜悦。白达是正要来找丁后庚，在街上碰上马湖，顺便把马湖也拉了来。马湖说有事，白达问他什么事，他又忘了，遂同白达走来。

大家见了面，丁后庚说："这更好了，牌手更多了，那是谁打？"

唐梅君道："你同马二哥说话儿，我们打好不好？"丁后庚只得答应。

于是摆桌子打起来，丁后庚又问到宋明中三哥的事，他说："按说我们应当看看去，就是老没得工夫。"

贾得财道："有我去就成了。他的官司解决了，别人出来调解，宋爷花几个钱就算完了。"

丁后庚道："一说做大夫的也很难哪。"

他们一提到大夫，马湖把他的事情想起来，忙道："哎呀，我得赶紧走，本来是出来给家里买药，没想到遇见白达，硬把我拉了来。我别待着了，家里还等着吃药呢。"

丁后庚道："吃药是要紧事，我们也不拦着了。家里谁不舒服了？"

马湖道："是你弟妹，不，是你二嫂子。"

丁后庚道："二嫂病了，明天我们得看看去。"

唐梅君道："叫谁给看的？其实请宋大夫挺好，不用花钱了。"

马湖道："对呀，我忘了这个茬儿了。"

丁后庚道："什么病呀？"

马湖道："着凉，这年月不会得别的病，只有着凉。没钱买煤，天又这么冷，不着凉怎么着？我走了，明天见。"

丁后庚把他送走，然后回来看他们打牌。打完了八圈，天黑上来，主人似乎没有留客吃饭的意思，而客人还舍不得走。一方面舍不得走，一方面是怕别人后走，仿佛谁先走谁就不放心似的，其实不放心什么，也说不出来。

贾得财拿着拜兄的身份，认为和丁后庚是自家人，他对秦放和白达仿佛客人那样相待。秦放以为跟太太是好朋友，要特别表示亲近。白达以为同丁后庚是从小的朋友，自然要比贾得财新交的不一样。三个人都不愿意先走。

贾得财表示问题没有解决，他道："咱们那请客的事，到底怎么办了？弟妹说个日子呀。"

唐梅君道："哪天都成，由大哥定得了。"

贾得财道："主随客意，您是想吃涮锅子，还是烤肉，或大菜？"他把西餐叫作大菜，其实菜并不大，只是因为外国人吃的缘故，这完全是一种奴性心。

唐梅君想不出吃什么来，她是希望都吃才好。贾得财道："要不然吃春饼也好，现在该吃春饼了。吃锅子热和是不是？"他光问唐梅君，并不理会丁后庚。他自己不注意，可是秦放、白达却觉得贾得财太那个了，既然请人家夫妇吃饭，哪有不理先生的？

唐梅君道："我都想吃。"她真说实话。

贾得财如得圣旨立刻说道："成呀，咱们一天吃一样。头天吃火锅，第二天吃春饼，第三天吃大菜，第四天吃烤的。"

丁后庚道："大哥可真爱听她的。"

贾得财道："不，你不如弟妹诚实，你还有点假，咱们弟兄何必还来假客套？弟妹这种态度我赞成，比老弟高，交朋友本来应当这样。"

他倒一顿褒唐梅君贬丁后庚，丁后庚也说不上什么来，他也是想借光饱饱口福。唐梅君这一来倒有理了，她说："大哥一死的要请客，咱们不扰，大哥反倒不乐意。"

贾得财鼓掌道："对呀，还是弟妹知道我的心。就这么办，由今天晚上起，回头咱们一块儿吃一品锅去。"他俨然有用秦放和白达的意思。

秦放心里气大了，这么一个俗人，也就仗着他有钱，老惦记请人家太太吃饭，安着什么心？唐梅君也贱，这么几顿饭居然看在眼里。要是我愣不吃他，这简直要叫他瞧小了。丁后庚因为贾得财并没有让秦放和白达去的意思，所以他也不好意思提。白达因为人家请客，与自己无干，便道："我该走了。"

丁后庚道："别忙，一块儿走。"

贾得财道："对啦，一块儿去吧？"

唐梅君道："大哥请客就请到底吧，连这二位都请上，谁叫大哥今天赢了呢？"

贾得财道："我是要请来着。不过临时约不大合适，我怕二位挑眼。既然都是自己人，那就一块儿吃个便饭。"贾得财这时顺情说话，非常练达。

秦放不愿意吃这顿无味的饭，他想立时拒绝，以表示他的尊贵，但是他到底舍不得唐梅君。男人固然叫女人失去贞操，而女人也能叫男人失去贞操的。不管秦放多么不屑于吃贾得财的饭，但到底他是同着他们一块儿去了。到了饭馆，伙计认识贾得财，足一恭维，钱终是好东西，一切光荣都是建筑在钱上。贾得财到饭馆里，才显出钱的尊严来。伙计那种随合奉迎，在这年月是少见的。贾得财还故意挑鼻子挑眼的，伙计还连赔小心，绝无怒容，因为准知道贾得财回头必大量地给小费。钱的力量如此之大。唐梅君这时暗中羡慕了贾得财，在这个场合，只有贾得财财大气粗，别人都带点酸了。

伙计给沏上茶，问吃什么菜先慢慢要着。贾得财说吃春饼，当然要吃春饼的菜了。伙计又问喝什么酒，贾得财道："弟妹喝什么酒?"他只问唐梅君一个人，后来自己也觉得不合适，又跟着说道："别人不必问，都喝白干了。弟妹喝黄的吧？"

唐梅君道："我什么酒也不会喝。"

贾得财道："黄酒不厉害，少喝一点儿成。"说完，又问大家想吃什么酒菜。

大家对于要菜都外行，秦放透着会要菜，他先说了一个栗子烧白菜，贾得财道："这山东馆子，恐怕没有这菜。"秦放立刻脸红了。

唐梅君这时也觉得秦放不大气了。谈情说爱，也并非容易事。不应当去的地方，不要强去；不必说话的时候，不必强说话，如果光图了"死瞟"，也有不利的时候。这时贾得财要了酒菜，畅快阔论，逸兴遄飞，谈吐不在有学问没学问，而在有钱没有钱。

吃完了饭，贾得财还订定明天的西餐。丁后庚道："今天吃了就得了，大哥这样破费，我们也不忍。"

贾得财道："说到哪儿是哪儿，这又有什么的？一个买卖做下来，够咱们吃几个月的。"

说着付了钱，一同走出来。贾得财给丁后庚和唐梅君雇了车，其实他是为给唐梅君雇车，丁后庚不得不带着。秦放自然和白达各自回家。

贾得财不回家，他先到他的铺子去。他自己开个委托商店，每天到那里看看账目。他的铺子前面挖了一个防空壕，就为敷衍官事。防空用土还不到一簸箕那么多；防空用水，只放了一个破瓦盆，里间只有一盆底的水，还冻着。他那挖的防空壕，简直是汤儿事，上面的盖，只铺了一个像筛子似的，上面抹了一层泥。又撒上一些土，假如上面走一条狗，就能够掉下去，这就不是防空壕，而是陷阱了。吃一顿能花一千多，而防空壕却不肯花钱修理。看完了账目，回到家去，今天特别高兴，因为唐梅君今天居然给他斟酒来着，他觉得前途希望太大了，机会不能放松，明天还得跟着来。这年头把兄弟可真叫人寒心了，越是把兄弟才越不可靠。

第二天下午，他又预备到丁后庚家，谁知走到半路，遇到警报，他吓得赶紧钻进路旁的防空壕里去。方才坐在三轮车上，由车夫拉着，十分尊严，敢则防空壕里是平等的，他同车夫一齐蹲在里面。仰着头看顶盖，簌簌往下掉土，他感到这防空壕的汤儿事。因为他自己感到生命的危险，于是才想起自己挖的那个防空壕实在是有昧良心。他发誓明天回到铺子，非把那门前的防空壕好好整理不可。警戒完了，爬出防空壕，这难受，哪儿都不舒服。

坐在三轮车上，正想着这时候去丁后庚家还早一点儿，恰巧碰上宋明中了，两个人立刻下车见礼。

贾得财问道："老三上哪儿？"

宋明中道："出马。"医生把出诊叫出马。

贾得财道："在哪儿？"

宋明中道："就是二哥家里。"

贾得财道："那咱们一块儿去吧。我正想约哥儿几个谈一谈呢。"说着，他们一同到马湖家里来了。

马湖的太太病了，马湖可就受了罪了，他一边要上班，一边还要做饭、买药、干活儿。他的记性又不好，干了这个又忘了那个。马太太都着急，一着急，更病得沉重。幸而他们还有一个九岁的孩子，能够干一点儿事了，不然马湖非得累趴下不可，就这样他已经累得精神衰弱得很了，记性越发不好。昨天从丁后庚家里回去，给太太买了药，回到家里给煎了，到晚上才想起宋明中来，他同马太太说了，马太太说："那你明天就请人家来一趟，瞧好了全都省事了。"

马湖道:"咱们家这乱七八糟的。"

马太太道:"那有什么的,拜了把子还怕笑话吗?"

马湖也愿意太太早些好了,自己也可以省多少心,遂答应第二天去找宋明中。第二天起来就忘了,还是马太太想着,叫他去找。昨夜里马太太哼哼一夜,浑身难受,还直咳嗽,吃了两丸子羚翘解毒不管事。现在的药简直吃不起了,人就是别病,病就得等着,或是等着好,或是等着死,而等着死的机会多。不用说请丈夫,就是门诊买牌子,开方抓药,连车钱算上,顶少了得一百元。而一趟还未必好,去个两三趟,公务员的一个月薪水没有了。

马湖听了一夜,他也睡不着了,他替太太难过。太太跟自己二十年,还没享过福,现在病了,自己又没钱给她看病,虽然病不算沉重,但究属叫人不好受。夜里马太太要喝水,马湖起来两回,火早已熄灭,屋里和冰窖一般,起来穿衣服,浑身打哆嗦。马太太又怕他着了凉,所以更自己忍着,不愿意他干。他明天还得上班赚钱,把他再熬得病倒了,更不好办了。孩子一天累到晚,自己也怪心疼的。唉,没法子,除了忍受以外,还有什么办法呢?马湖素来讲究逆来顺受,他活到现在,还没赶上过"顺来"的事。他早晨起来,一边呵着冻手,一边烧好了茶。漱口洗脸,便去找宋明中。

宋明中还没起来呢,门房叫马湖买牌子。马湖说:"我是请大夫到我家去。"

门房说:"出诊是下午,二百块钱。"

马湖道:"我是来找宋先生的。"

门房道:"您不是请人去吗?"

马湖简直不知怎么说好了,自己又没有带着名片,遂道:"不是

78

这么一回事，你同宋大夫说，有个姓马的来了。我同他是朋友。"

门房道："噢，他还没起呢，您先到客厅坐一坐！"

说着把他让到客厅里，客厅里挺冷，等着吧，要知道晚来一会儿就好了。等了许久，宋明中才起来，把马湖让到里边。

马湖一说请他看病的话，宋明中道："没关系，自己哥儿们，还用什么客套？吃完饭我去吧。"马湖一见宋明中慨然应允，真叫有面子，现在哪里找这朋友去呢？他十分感激。

宋明中道："二哥吃完饭再回去吧。"他是虚让一下。

马湖道："我还有事呢，我先回家等您去。"

他告辞出来。回家先忙着做饭，自己吃窝头，给马太太做了一碗片儿汤。按说病人应该吃大米稀饭才对，可是三年来，连个米粒儿都没见过。吃完了饭，赶紧收拾家伙，整理屋子，他怕宋明中来看着笑话。乱七八糟的东西，一股脑儿都塞到床底下去。不管是什么，看着多糟，就往床底下搬。屋子倒是显着利落了，可是床底下却满满当当，一点空隙没有了。整理完了屋子，又研究这个火。宋明中说下午来，下午不知什么时候来，怕他来的时候火乏了，屋子冷，可是哪能那么巧，他来的时候火正旺呢？马湖把火添了满满一炉子，在院子里盖着，等到宋明中来，一揭盖，火旺起来，岂不正好？平常不敢多添煤，拿煤当金子看待。煤球还是一添上就完，连锅窝头都蒸不下来，因为土太多。硬煤倒是经时候，可是爱爆，有时一爆把火就爆灭了。这硬煤是配给来的，五百斤煤倒有一百斤石头。马湖连石头都舍不得扔，砸碎了放在火里，半天着不上来，着上来一点热气没有。火在院子里，屋子冷起来，冷也得忍着，谁叫为了人家呢？病人在这种环境里，吃药也得重起来。

一会儿，宋明中来了，不但宋明中来了，连贾得财也跟着呢。

79

马湖连忙让到屋里，他先搬火，火还没着好，搬到屋里挺大煤气。

宋明中道："不要端火吧，不冷。"虽然说不冷，可是大衣不敢脱。他是怕煤气，到底大夫讲卫生。

马湖道："爨点水。"说着，用火筷子把还没着红的煤往下夹。

贾得财道："不渴，不必费事了。弟妹怎么病了？"

马太太要下床，他们连忙拦着，叫她照旧躺着。马太太道："您别笑话，我们这儿太乱。"

贾得财道："不乱，很干净的。"他不知道一些破碎东西全在床底下呢。

马湖把火夹了，找水爨子找不着，他的孩子马淑珍道："您不是放在床底下了吗？"

马湖想起来，爬在床底下找，一看，爨子在夜壶旁边呢，急忙拿出来坐开水。

宋明中道："二嫂怎么不舒服？"

马太太道："就是着点凉。大概又受点煤气。听说三爷看病看得挺好，所以我叫他请您给看看。"

宋明中道："这一程子都闹感冒的病。看看开个方子，吃两剂药就好了。"

马湖叫淑珍道："你给你三叔搬个椅子，放在床头，好诊脉呀。"

马淑珍搬过一把椅子，贾得财道："姑娘多大了，在哪儿念书哪？"

马太太道："九岁了，没念书，这年月念书念不起了。"

马湖嫌她说实话，叫人瞧不起，他道："现在先在家里念着，过暑假就叫她考学校。"

宋明中走过来，坐在椅子上，一伸腿，就听床底下乱响。

80

马太太道："你把酱油瓶子也放在床底下了吧？看看别踢倒了。"马湖遂又把酱油瓶子挪开。

宋明中道："不要紧，我踢不着。"说着便给马太太号脉。马太太的两只手，伸出来是黑的，因为她以前起五更挤的煤末子，自己在家里摇，摇的日子多了，两只手的黑便洗不掉了。宋明中给号了号脉，说道："您这病可不轻。"他先吓唬人家。

马太太道："唉，我的病不容易好了。"

宋明中道："您这病就是累的。我给您开一个方子您先吃几剂，慢慢地保养着，别着急，不要紧。"

马湖道："还是的，有老三呢，怕什么。慢慢养着。"

马太太心里究属不好过，谁不怕死呢？其实马太太的病真是感冒，吃点药发发汗就好，要不然吃点打药泄泄火也成，更简单的就是多睡两天，不吃饭，多喝点开水，也就能好的。就怕心里一嘀咕，病就更加重了。

宋明中开了药方，交给马湖，马湖给他们沏了茶，他们也不喝。贾得财道："我来有两件事，一来是为看弟妹的病，一来是约老二吃便饭。"

马湖道："哎呀，不敢叫大哥破费。"他心里说，"把请我吃饭的钱，还不如折干了呢。"

贾得财道："就是为咱们哥儿几个聚聚，聊会子。"马湖这才答应，贾得财等遂满意而去。

贾得财为了自己，可以不管人家有病人没有。其实他当时拿出几百块钱来，给马湖抓药，这多大面子，但他不干，宁肯为了唐梅君花一千两千的请客都使得。你说他吝啬，他可给丁后庚送洋面；你说他不吝啬，他连一块钱都不肯给马太太买药。

他们走了，马湖找点东西卖了打鼓的去买药，到药铺一打算盘，一共六百多块，他纳闷了，拿过药方一看，才知道里面有人参等补的药品。当时自己哪里有这许多钱，宋大夫也不看看人的家当。这时若是找贾得财去借，又不好意思的，已经叫宋明中白瞧病，又向贾得财借钱买药，这简直太利用朋友了，叫人瞧不起。无法，只得回来卖东西，家里没什么没用的东西可卖，但为了瞧病，什么东西也得卖。不但卖，还得贱卖，贱卖才能卖得出去。可是卖什么呢？他一边想着一边往家里走，他想到无论卖什么东西，马太太一定心疼的。马太太为了这个家，实在不容易，守了好几十年，零零碎碎的东西还真不少。若是没有马太太，马湖早就趴下了。

回到家里，便说到药钱的贵，钱不够了，非得卖东西不可。马太太一听一剂药那么些钱，便道："不必抓药，我的病再躺几天就好了。有那么些钱还买棒子面呢，花那些钱抓药，太不合算了。"

马湖道："要是不吃药真好了的话，倒是不错，可是，假如……"他不好意思说不好的话，他的意思是说：假如不好了，那不如花六百块钱买一条命。若是死了，这一道发送，至少也得过万。

马太太明白他的意思，说道："反正有命的死不了，没这命多少钱也买不住。"

马湖道："虽然听天命，但也得尽人事，哪能真看着病人不管？况且你若早些好了，不是我也轻闲一点吗？你若老不好，也得把我累趴下了。"

马太太道："好吧，那你就卖吧，卖什么呢？"

马湖道："我不是还有件老羊皮袄吗？"

马太太道："那你还得穿呢！"

马湖道："我有棉袍子就成。这年头儿都留着干什么？飞机来了，还不知谁死谁活呢？混过今年再说，等年头儿转过来，挣钱再做。"他还指望着好年头儿。

马太太告诉他那件皮袄就在大箱子里面，马湖开了锁拿出来，他道："我还得赶紧去，回头还得到老四家里去。"

马太太道："你先去，回来再带药也可以。"

马湖道："那么你晚上吃什么呢？"

马太太道："不是还剩窝头呢吗？"

马湖道："病着还吃窝头？"

马太太道："不吃窝头吃什么呢？"

马湖道："买点挂面什么的。"

马太太道："你不必管了，回头我叫孩子去买吧！"

马湖遂夹着皮袄出去了。他先到当铺去当，他究竟舍不得卖掉，若能当出六百元来，就不必卖了。谁知他到了"富国裕民"的当铺一当，连一百块钱还给不到。他一赌气，只好去卖，找那贴着"大价收买"的委托商店一卖，仿佛知道他用六百块钱，人家只给六百元。他一连卖了好几处，没有超过七百块钱的。他算计着物价这么贵，这件皮袄至少也得两千多块，谁知道一千都卖不出去，只有一个给的最多，一直让到八百五十元，再多一元也不要了。马湖夹着这个皮袄在大街上转了半天，眼看着快黑了，心想还得买药，还得上老四家里去，八百五就八百五吧。

他这时想卖了，可是又忘记是哪一个委托商店给八百五十的价儿，还得由头儿来。进这个甲商店说："方才你不是给八百五十块钱吗？"

店员说道："那大概是别处，我们只给六百块钱。"

马湖一听，又到别处去进了那个乙商店说："我说：你们刚给我点儿，九百块钱怎么样？"

店员说："六百二十您要卖就搁下，不卖您就夹走。"

马湖一听，这家也没给八百五，遂又进丙商店，仍然是六百，走了几处都没有给八百五的。就是方才给八百五的商店，见他又把皮袄夹回来，知道别处都没自己给的多，自己给的价太大，这回连八百五也不给了。马湖又转了一遭，竟会找不着那个给八百五的了。他想别转啦，越转越价小，结果还是七百八十元卖出去的。人家囤积倒把的讲究一转脸就赚个十万二十万的，做买卖的讲究过两个钟头就涨一个价呢，怎么自己却越转价越往回抽？他拿着七百八十块钱，到药铺买了药，刚要想到丁后庚家里去，一想拿着药包上人家里去，不大合适，遂又拿回家来，顺便给太太又买点挂面。

马太太道："你怎么回来这么早？"

马湖道："我还没到老四家里去呢。"

马太太道："那你还不去？"

马湖道："我累了，两条腿都走不上来，我不想去了。"

马太太道："你瞧，人家特意来约你，你不去多不合适？"

马湖一听，遂把药和钱交代清楚，歇了歇，又到丁后庚家里去了。一边走着一边算这账，药是六百元，挂面是二十块钱的，八百五刨六百二，应当剩下二百三十块钱，怎么才剩下一百六十元？不对，一定丢了七十块钱，也许多给药铺了。

想着，便急忙到药铺去，进门便道："方才我多给你们钱了吧？六百元的药，我多给了你七十。"

伙计道："那不会的，您大概花忘了，我们一块也不能多收您的。七十块钱没有什么，字号要紧。"

马湖一听，只得垂头丧气地走出来，走出来后，他才想起来，

84

那件皮袄并不是八百五，而是七百八了。自己的记性真坏，为这七十元，差点儿跟人家吵起来。白跑了这些路。一边埋怨着自己，一边又到丁后庚家里来。天已经很黑了，实在累得不行了。幸而贾得财他们还没到饭馆子去吃饭，不然马湖还得追到饭馆子去，那就更跑不动了。

大家一看马湖来了，十分欢喜，说道："二哥怎么刚来？我们等了半天了，刚吃，您来得正好，给您斟杯酒。"丁后庚张罗着马湖。

贾得财道："我还以为老二不来了呢？老四说不至于，二哥非常实诚，所以我们又等了好久，本来我的意思是到饭馆吃去，省点儿事，后来因为等老二等得太晚了，在家里吃也显着热闹，所以打电话现叫的。来吧，我们正开吃。"

马湖遂坐在空椅子上，哥儿几个全是自家人，也不必让了。丁后庚斟上酒，唐梅君道："二哥来晚了，得罚一盅。"

贾得财道："对，得罚一盅。"

马湖这时倒是饿了，可是他愿意吃饭，不想喝酒。家里太太病着，自己怎好意思在外边喝酒，喝也喝不下去。看着人家这样兴高采烈的，自己心里很不好受。可是人家却不理会马湖的心事，更忘了马湖的太太病着。贾得财要打通关，一个一个地划拳。划到唐梅君这里，唐梅君说："我不会。"不会哪儿成？打通关就是为跟唐梅君划两拳。

贾得财道："随便划两拳，叫老四喝酒。"

唐梅君道："我就会划石头剪子布。"

贾得财道："石头剪子布也成，石头砂锅水也成。"说着便同唐梅君划道："猜猜猜。"

贾得财老出石头，他觉得石头代表男性，剪子和布都代表女性。

85

结果三拳两胜，贾得财输了。他输了就得喝酒，喝完酒又跟马湖划。他道："跟老二脆脆地来两拳吧！"

马湖见人家这样高兴，自己不好不应酬，勉强跟贾得财划两拳，自己都不知道出的是什么，说的是什么，还是别人告诉他输了，他才知道输了。输了就得喝酒，本来他累得够受，肚子还空着，跟着一喝酒，所以就有点不合适。

吃完了饭，宋明中用牙签剔着牙，贾得财忽想起来道："老四你这儿缺件东西，不无遗憾。"

丁后庚道："缺什么？"

贾得财道："缺个烟盘子，你说对不对？"他并不是有烟症，而是觉得有钱而不吃大烟不够谱儿。非摆烟盘子不算有钱的样子。

丁后庚道："大哥要是吃烟我去借去。"

贾得财道："不必了，我们打牌吧！"

马湖一见他们还要打牌，自己心里不好过，他道："我该回去了。"

贾得财道："对啦，弟妹还病着，回去看看也好。"

马湖走了出来，到外边一着凉风，头有些晕，浑身发噤。他本来走不动了，但不能不回家。回到家里，已经很晚，马太太已把药吃了。马湖累得不得了，也不再洗脸，躺到炕上便睡着了。

到半夜里醒来，想喝一点水，刚一翻身，觉得眼前一晕，哇的一声吐了出来，把晚间吃的一品锅全吐出来了。马太太也醒了，她觉得浑身发烧，口干舌燥，骨头节儿都疼得难受。这两口子都哼哼哎哟的，马太太想叫马湖倒碗水给她，她一见马湖也病了，就不忍再指使他了。马湖一吐，显得清醒多了。他见自己吐了一地一炕，他想下地来收拾，可是他一起来，就觉头晕，脚底下也软。他想自

86

己没喝多少，怎么会醉得这样？其实他不知道他并非是喝酒喝多了，而是累的。又乏力，再着急，所以酒入愁肠，便不好受。而屋里若温度适宜，也还不致病倒，但屋里是冷的，气味又不好，焉能不病呢？他一边哼哼着一边下地找手巾，把吐的拭了干净，地下的明天再说了。

这时马太太烧得厉害，神经都有些错乱，直说胡话，见神见鬼的，什么门后头有人藏着了，床底下有东西蹲着，说得马湖也直害怕。

他说："什么也没有，你别狐疑了。"

马太太说："我听得真真儿的，床底下瓶子响。"

马湖道："那是耗子碰的。"

马太太道："我看见一个，钻到床底下去的。"

马湖道："门关着呢，哪里来的人？"

马太太道："是有一个人，你看你看！"

马湖也不敢看。这时也不知是什么时候了，电灯又没有电了。马太太一看见黑就害怕，口里说得更神了，什么这个仙了那个鬼了，说得马湖也害起怕来。给她倒了一碗水，因为没有暖壶，而是茶壶外做了一个棉布套，灌了开水，到夜里用它，还不致太凉。马太太喝了两碗水，心里略显清醒，又翻身睡去。马湖也上炕睡觉。

第二天起来，一下地穿鞋，踏了一脚黏黏糊糊的，低头一看，不由说道："你昨天吐了？"

马太太道："是你吐的。"

马湖一想，才想起确是自己吐的，同时又想起她夜间说胡话来。他道："昨夜你说胡话了，是不是？"

马太太道："我不知道呀。"

马湖道："噢，对了，你不知道，你若是知道那就不叫说胡话了。"

马太太道："我说什么胡话来着？"

孩子淑珍儿说道："爸昨夜里吐，妈说胡话，我都知道。妈直说有鬼有鬼的，吓得我钻到被窝底下，不敢动弹了。"

马太太道："你再去找宋大夫一下。"

马湖道："人家哪有这许多工夫，人家出一趟马，好几百块呢。"

马太太道："唉，他要是不肯来，你就说我昨天吃了那剂药，反不大好，烧得口干舌燥，问问他是怎么一回事。"

马湖道："今天我又不能上班了？"

马太太道："你就手儿也叫他看看。你也得吃药。"

马湖道："昨天吐了之后，就好了，今天清醒多了。"

说着便去烧火。珍儿起来帮助收拾屋子。马湖叫珍儿上街买东西，顺便给丁叔打个电话，叫他给再告一天假。珍儿买来东西，马湖便和面蒸窝头，窝头放在屉头里，才想起忘了搁碱，窝头不搁碱，怎么吃呢？他又把锅揭开，幸而窝头面还未干，他又重新羼碱，这一来，反而更糟了，因为碱不容易羼匀，一块有碱，一块没碱，一个窝头，滋味便不同。好在马太太不吃，光是自己和珍儿吃。蒸上窝头，他又去找宋明中，到宋明中家里，才想起窝头蒸上忘了看钟，珍儿又不知道什么时候揭，这下不是干锅就是没熟。他直不放心，可是已经来到宋宅，还是先见宋明中要紧。宋明中刚起，说昨天在丁后庚家打牌，打到夜里两点才散，回来都四点了。

马湖便将昨夜马太太说胡话的情形一说，宋明中一想，那剂药吃了就可以好，怎么反倒坏了呢？一定是药开错了。他道："您带着药方呢吗？"

马湖道:"哟,忘啦,我取一趟去。"

宋明中道:"不用了,我想我那方子吃下去就能好,现在没好,反倒说胡话,这一定是招了外祟,回头我去一趟看看。"

马湖道:"三弟若是没有工夫,大概齐开个方子也成。"

宋明中道:"我今天倒是还到那边去。"

马湖一见宋明中执意要去,十分感谢,遂告别而回。回到家里,大夸宋明中真够朋友,他自己要来,实在难得,平时请都不容易请呀。

马太太道:"病好了,我们得好好谢谢人家。"

马湖道:"窝头怎么样,熟了没有?走的时候忘了看钟。"

珍儿道:"熟倒是熟了,就是酸一口涩一口。"

马湖道:"那是碱没有擂匀。"说着便赶紧吃饭,吃完饭收拾干净,专等宋明中来。

到下午,宋明中来了,一号脉,他号不出什么病。一说到昨夜说胡话,宋明中有了理,说道:"我看看吧,大概是冲着了什么。昨天都说什么胡话来着?"

珍儿在旁边一学舌,宋明中道:"这一定是冲着二郎神了。去年日蚀,你们干什么来着?"

马湖想不起来了,马太太道:"去年日蚀呀,我们打铜盘子来了。不说天狗吃月亮,一打铜锣它就吐出来了?"

宋明中道:"是不是?那天狗是二郎神的,我一号脉就号出来了。"

马湖夫妇一听,宋明中号脉都号出二郎神来,真是神医,他们佩服得不得了。问道:"那么怎么办呢?您给开开方子!"

宋明中道:"不必开方子了,我今天给烧股香,求一求就好了。"

马湖夫妇一听，十分喜悦，因为怕他开方子，他一开方子，又得一件皮袄进了委托商店，没皮袄就得卖棉袄，这烧股香多么便宜呢。遂道："好，多谢老三了，我们把香钱交给您？还是我们买好了给你送去？"

宋明中道："你们不必管了，我那里都有。"

马湖道："那还叫老三花钱？"

宋明中道："这有什么的？"说着，他便告辞而出。

马太太是心理作用，吃药不好，不吃药倒好了。她一听宋明中说冲了二郎神，真仿佛说到病根子上，这一来，立刻就觉得有精神了，马太太一觉得轻松，就要下地干点什么。马湖一见她病好了，自己也痛快了许多，立刻也觉得精神好些。他们便觉得宋明中实在灵验，有点道行。其实这是宋明中蒙的，这回没有叫他给送命终，那实在是马湖夫妇的造化。

宋明中回到家里，哪里给二郎神烧香呢？连他自己都知道没这么一回事。他仍旧跑到丁后庚家里去。这天是贾得财请客第三天，吃的是西餐，吃完了饭，宋明中想听戏，唐梅君想看电影，贾得财立刻赞成唐梅君的主张上电影院去了。

进了电影院，丁后庚和唐梅君坐在一起，贾得财唯怕宋明中挨着唐梅君，他急忙抢了上去，宋明中看着都有些刺眼了。贾得财今天能够和唐梅君挨靠而坐，真是十分荣幸，立刻买糖买瓜子，就和在戏园子一个样，呼兄唤弟，说长道短，有的时候给影片喝彩。以往，唐梅君非常讨厌这种举动，现在因为贾得财有钱，所以她不觉得怎么讨厌了。

电影是一个爱情的片子，非常肉麻。贾得财一边看着电影，一边和唐梅君说话，他说："我活了这么大，就不懂得爱情，这个滋味

90

也不知什么滋味。"

唐梅君道："您真的恋爱不就知道是什么滋味了？"

贾得财道："我哪儿尝去呀？明儿弟妹也给我介绍一个女朋友。"他拿真话当假话儿说。

唐梅君道："好，我一定给你介绍一个挺漂亮的女朋友，比我还漂亮。"

贾得财笑道："那可好了，就像弟妹这样漂亮的就不容易找，若有这么一个人，我也知足了。"

他虽然说得很低，但宋明中也听见了。他觉得贾大哥这两天的态度，不是那么一回事了。在席上简直对唐梅君都有些失了大伯子的身份了，他借着喝酒喝多了，大放其酒疯。别人看着都有些扎眼了，丁后庚看着当然更清楚。不过他对于贾得财还放心，他知道唐梅君不会爱贾得财的。

唐梅君听了贾得财的话，猜到贾得财的心事，她也就一半做糊涂一半顺水行舟，她是想多得点物质上的享受而已。唐梅君道："我们同事里漂亮的多极了。"

贾得财道："好极了，明天我听回话，成功后我一定请客。不但请客，我还得谢谢弟妹呢。"他比丁后庚还盯得紧。

唐梅君答应着，电影看完了，一同走了出来，贾得财给唐梅君夫妇雇上车，他还对丁后庚说："四弟妹说给我介绍一个女朋友，明天听话儿，明儿见。介绍成了，我还请客呢。哈哈！"

分别之后，丁后庚回到家里，便对唐梅君说："你给他介绍朋友，给他介绍谁呢？太难看的他不乐意，中常一点的，谁肯爱他呢？"

唐梅君道："我随便说笑话。"

丁后庚道："你随便说，他可认真呢。"

唐梅君道："没关系，自有对付他的法子。"

若问唐梅君如何对付贾得财，且看下章。

第三章 三 叠 引

　　这几天贾得财在唐梅君身上花了不少钱了，虽然不净是直接花在她的身上，但总是为她而花的。宋明中看出贾得财的神气不对来，不过他也觉得贾得财有点癞蛤蟆想吃天鹅肉，所以也不大注意。马湖更不理会了，马湖还不如白达和秦放，白达和秦放都看出贾得财不是东西来。

　　白达同马湖说："你同丁后庚、贾得财拜了把兄弟了？"

　　马湖道："这不是我的意思。"

　　白达道："好，你们这把兄弟，真叫扯淡局。"

　　马湖道："那也别说，新近我太太病了，全仗宋明中宋大夫看好了的。要不是交朋友，人家肯到我家白看去吗？你知道这一趟马钱得多少？"

　　白达道："这一说你们朋友更是扯淡了，完全是利用呀。"

　　马湖道："叫你一说什么都叫利用了，这不过是交朋友的这点意思。"

　　白达道："什么意思吧？你们那位贾大哥，好糟心了。"

　　马湖道："怎么？"

　　白达道："拜把兄弟净惦记着人家太太，净算计着弟妇，这叫什

93

么人心、什么朋友呀？"

马湖道："你可别瞎说，这不是开玩笑的事。"

白达道："我干吗开玩笑？难道你还看不出来吗？你们贾大哥对于唐梅君这种神气，哪里够大伯子的身份？"

马湖道："自己哥儿们，可不是如同自家人一个样，还要什么客气？"

白达道："你不信，你把我的话搁着，将来有堵你嘴的时候，你瞧着的。"

马湖仍不大相信，白达又同秦放说，秦放道："我早就看出来了。"

白达道："英雄所见略同，马湖就不成，我同他说他还不信呢。"

秦放道："你说丁后庚看出没有？"

白达道："我想他净看人家的钱了，所以未必理会到这儿。"

秦放道："你可以同他说一声，叫他多注点儿意。"秦放的意思是把丁后庚的注意力转移到贾得财身上，自己便可以躲开人家的视线。

白达当真便去和丁后庚说，他倒不是受了秦放的利用，他是喜欢人家出事，隔岸观火，非常好玩。他对丁后庚说道："你们还一盟把子，怎么拜的？"

丁后庚道："怎么了？"

白达道："我问一问，你们都知根知底不知呀？"

丁后庚道："也没什么根底不根底。"

白达道："贾得财你跟他怎么认识的？是多年的朋友吗？"

丁后庚道："就是去年认识的。"

白达道："你们拜把子是谁的意思？"

丁后庚道："是贾得财的意思，那个人倒很热心的。"

白达道："热心，哼，我看那个人可不大地道。"

丁后庚心里也明白，不过他为了维持尊严，他道："他那个人就那样，没有什么学问，所以容易叫人看着粗俗。"

白达道："粗俗还算不错，我看那个人简直不怀好意，你可得留神。"

丁后庚道："没关系，我们是干什么的？他现在求着我，他有什么也不敢跟我使呀？"

白达道："那你也得留神才好，我看他对于唐梅君不大可靠的。"

丁后庚道："谁对梅君有野心我都不怕，她太使我相信了。别人对她如何，她都对我说了，对我忠实极啦。"他极力夸张唐梅君的忠实，以减少别人的野心，而生畏惧心。可是话又不能说得太满了，万一唐梅君将来和自己离婚，叫人说："你不是说她忠实吗？"岂不打了自己的嘴巴？于是又拉回来道："根本我对于唐梅君也是那么一回事，来就来去就去，我就没放在心上。她倒对我很忠实。"他都有点语无伦次了。

恋爱这事，真费神费大了。娶个漂亮太太，什么事都不能干，专门得算计着这一件事。他也知道贾得财对唐梅君别有用心，不过他晓得贾得财也占不了什么便宜，只有自己占他的便宜，乐得马马虎虎。其实马虎也得分什么事，一切离婚婚变，都是因为马虎造成的呀。

他们正说着，唐梅君走来道："后庚，贾大哥来电话了。"

丁后庚原本要接，唐梅君道："给我来的，我已经说完了。"

丁后庚道："什么事呀？"

唐梅君道："就是介绍女朋友的事。"

丁后庚道："你怎么答复他呢？"

唐梅君笑道："先敷衍着他，我给他介绍谁呢？"

丁后庚道："那你敷衍他到什么时候呢？"

唐梅君道："至少我可以叫他请上半年的客，半年后再说了。"

丁后庚道："那半年后若是还不成，岂不叫他失望而怀恨吗？"

唐梅君道："半年后也许有机会给他介绍一下，到那时若是他不乐意，那也不能怨我们是不是？"

丁后庚道："别得罪人家，人家对我们总算不错。"

唐梅君道："我知道呀，反正我不能白给介绍，至少我得要点什么。"她非常有把握的样子。

丁后庚道："他不是晚上听回话呢吗？"

唐梅君道："是呀，今天的回话我已经想好了。"

到了下班，他们回到家里，果然贾得财又来了。这几天贾得财去得真勤，连街坊都看着不合适来了。

贾得财来了便问道："怎么样了？"

唐梅君道："贾大哥比我还急呀，这事没有急的，我得慢慢征求人家同意呀。"

贾得财道："不急不急，谁急谁是小狗。"根本他的意思是在唐梅君身上，所以他也并不希望介绍。

他由兜里掏出一个金戒指来，约有一钱多重，细细的一个箍子，不过合上票子，也得一千多块呢。他递给唐梅君道："我先说明白了，我可不是催弟妹，你爱几日办就几日办，我这是送你的，不能白叫你受累，这是我一点小意思。"

唐梅君一见这金戒指，喜欢得不得了，立刻笑道："大哥的事，我一定给尽心，我也声明，我尽心可并不是冲着戒指呀！"

96

贾得财哈哈笑道："我也不是酬劳弟妹的。"

唐梅君把戒指接过来，戴在手上，非常合适，欢喜得张罗给贾大哥倒茶。

贾得财道："这个合适吧？其实还有一个大点的，虽然分量重些，但我想着弟妹戴一定不合适，所以才把这个拿来。"他还要唐梅君搭他一个大一点的人情。

唐梅君一听，恨不能大指上也戴个戒指才好，她对丁后庚道："我们吃什么，给大哥做点什么呢？"

丁后庚道："问问大哥，喜欢吃什么？"

贾得财道："我什么都吃，别为我单做，添双筷儿就得。老弟别忙，我有个烟嘴儿，象牙的，上面还镶着一块石头，过两天有工夫我给老弟带来，那是我送老弟的。今天因为出来仓促，没有找着，忘记放在什么地方了。"他知道光送唐梅君一个人不合适。其实他还不明白人们的心理，你只要把女人对付好了，男人不必理他，自有女人对付他。比方唐梅君若留贾得财吃饭，丁后庚便不敢不留，何况丁后庚见贾得财许给自己烟嘴儿，那更欢喜了。有的时候贾得财同唐梅君谈到恋爱及交女朋友的事情，丁后庚故意躲开他们，表示他绝不怀疑贾大哥，而给他们单独谈话的机会，叫贾得财与唐梅君都感觉他非常大方。

贾得财对唐梅君说："明天你若是物色好了，可以约她出来谈一谈，我在市场咖啡馆相候，好不好？"

唐梅君道："没准儿成不成呢。"

贾得财道："不成没关系，她不去，弟妹一个人去，难道我就不请了吗？反正我到时候准去的。"

唐梅君道："好吧，明天我约她试试。"她到现在还没想到约谁好，因为她知道她们每人都有男朋友，给谁介绍谁也不应允，况且真的把贾得财介绍给她们，自己还能得着他的便宜吗？其实她不知道贾得财根本不想别人，只是想唐梅君一个人哪。

第二天，唐梅君来到班上，见着谁都把手伸出来给人家看。以前手总在揣子里揣着，今天天气凉些，反而手老在外边摆着。见着女同事就说："你看我这戒指，昨天打好的，我现在觉得有钱不如打戒指，将来的金子还要贵呢。"别人便都羡慕她，不知她的钱是从哪儿来的。她说她的钱是囤积倒把来的，最近常跟银行界的朋友来往，做点买卖，非常赚钱。于是大家又羡慕她的交际广。她又说她还打了一个，比这个大一点儿，不能戴，所以放在家里了。说得真仿佛她自己花钱打的似的。

她们同事里有个叫白淑珍的，她可以代表一切小气的女人，气人有，笑人无，什么都是自己的好。唐梅君一亮她的戒指，白淑珍就直撇嘴，仿佛看不起的样子。她对别人说："一个破戒指也要显摆显摆。"可是她若有个戒指，她却又笑话人家没有了。她又对人家说："唐梅君那戒指，说不定是借人的，也许是假的。她哪有钱打这个？我看顶多是铜外面包金。"她把唐梅君的戒指贬得一钱不值。

唐梅君不知道白淑珍是气人有笑人无的人，她见自己有戒指，说不定要给自己造谣言，说自己戒指来得不正，很有妨碍自己的尊严。越是人家给的东西，越是怕人家说是别人给的。她遂对白淑珍道："淑珍，你做买卖不做？我们两个人合作，我担保你发财。容易极了，也不用你跑，自有人给跑，不过到时候给他们几成利益就成了。"她表示她的确是做着买卖，而且还很发财。

白淑珍道："我没有钱哪。"

唐梅君道："得了吧，谁不知道你有钱哪？越是有钱的越说没钱，当我不知道哪？"

白淑珍一听，立刻高兴起来，说道："我老怕做不好，叫人赚了去。"她承认她有钱似的，其实她更没钱。

唐梅君道："你跟我一块儿做，保你赔不了本。市场里有好几处都跟我做买卖，有一个委托商店，还有我的股子呢。"

这回白淑珍信了她的话，她道："你真成，谁也干不过你。"

唐梅君道："得了吧，你要干，准比我强。我干了半个多月，才赚出这么一个戒指来，这才二钱重。"其实才是一钱，她多说了一钱。

白淑珍道："足有二钱重，恐怕还要超过去呢。"她这时不说是假的了。

唐梅君道："下班没事我请你吃咖啡去好不好？"

白淑珍笑道："发财真请客呀。"凡是气人有笑人无的，见着便宜就喜欢。

她们说了一会儿，到了下班，唐梅君便同丁后庚说："你先回去吧，我同白淑珍上市场去。"

丁后庚道："我等你吃饭哪？"

唐梅君道："不必等我，没准儿在家吃不在家吃呢。"

丁后庚只得先回去了，唐梅君同着白淑珍到市场来，她见了什么东西，并无意买，但是她全要问一下。一来表示她会做买卖，懂得行市；二来表示她都要买。商人真不开眼，见了她和气欢迎，其实她什么也没有买成。最后来到咖啡馆。白淑珍想到唐梅君平时最不愿花钱请客，今天忽然这么痛快，想必是她发了财，她不知咖啡馆里有人等着花钱呢。

她们进到咖啡馆，果然贾得财在那里等着。贾得财正等得着急，他想，若是唐梅君一个人来了，那是她有意于自己，自己可以进攻。谁知他一看唐梅君真的同着一个女人来了，他倒有些失望，而且那女人又不漂亮。

他站了起来，唐梅君却假装无意中遇见的样子说道："真巧，大哥也来了，什么时候来的?"

贾得财道："来了会儿了，你这儿坐吧!"

唐梅君道："都不是外人，我给你们二位介绍一下，这位是我同事白小姐，这是贾经理。我们坐在一起吧。"

白淑珍真以为是偶然遇见的呢。她想："唐梅君这么漂亮的人，会交这样的朋友? 叫我做买卖而应酬这样的俗人，我绝不干。"这是白淑珍的心里话。

贾得财心里也想："唐梅君怎么给我介绍这么一个人? 难道她还不明白我的意思吗?"

他们两个人的心理，唐梅君都明白，不过她是借着贾得财的钱来请白淑珍，借着请白淑珍的机会，来应付贾，表示尽了心，没有白要人家的戒指。三个人三条心，坐在一块儿，自然别别扭扭。唐梅君直张罗给白淑珍要饮食，什么奶油栗子粉、麦片粥，真像请客的样子。

白淑珍既然白吃了她这些东西，自然得多陪她坐一会儿。唐梅君说道："这位贾经理常常帮我的忙，好极了! 做买卖真是能手。"

贾得财哈哈大笑道："别捧我了!"

白淑珍一看这个人简直俗得厉害，她纳闷唐梅君会同他谈得来。谈了一会儿，白淑珍坐不住，她要走，她道："我想回去了，走不走?"

唐梅君道："忙什么?"

贾得财道："坐一坐吧，吃完饭再回去。"他是舍不得唐梅君。

白淑珍道："我家里还等着我呢。"

贾得财道："要不然叫白女士先走也好。"

唐梅君道："那么，你先回去了，实在对不住，回头我还买点东西呢，我不送你了。"

白淑珍道："不送，谢谢你呀。"

唐梅君道："这还用谢?"贾得财还以为白淑珍谢她介绍之功呢。

等白淑珍走了，贾得财又张罗唐梅君道："弟妹还吃什么，再要吧。"

唐梅君又要了一杯咖啡，贾得财说："后庚呢?"

唐梅君道："回家去了。"

贾得财道："他知道你上这儿来了吧?"

唐梅君道："知道，我同他说了。"

贾得财一听，又凉了几分。女人非得瞒着她的丈夫，那才算有意呢。其实他不知道唐梅君的心理，唐梅君的心理是又想着在外交男朋友和情人，又要告诉丈夫，她是又交了情人又仿佛得到丈夫的同意，不落她私自淫奔。一般自恃聪明的女人，多有这矛盾的心理。这是自己给自己开后门儿，她以为这点聪明是可以把丈夫瞒哄过去，而还得感激她的大方。聪明把她们毁了。

这时咖啡馆坐着许多情侣，一对一对的青年，都是那么摩登，西服革履，头油都是那么油亮。在以往，唐梅君绝不会同贾得财坐在一起，现在她受了物质的诱惑，觉得贾得财颇有可取的地方。就拿桌上摆的这些食物来说，别的桌上，都是每人一杯咖啡，剩了半杯都凉了还舍不得喝，因为杯子一空再坐着就没劲儿了，若是再要，又得花钱。所以他们喝咖啡比喝白干酒还慢，一口一口地品似的，不如此不能延长谈话时间，他们到咖啡馆就是为谈情话来了，不是为喝咖啡的。不过来到这里，不好意思不喝咖啡就是了。于是和贾得财比起来，显得他们寒酸得厉害。因此，她看着那西服就不如狐腿的皮袍顺眼了。就拿挂着的大衣来看，那些又薄又短的西服呢大衣，实在没有贾得财那件又肥又大的礼服呢水獭领子直毛里儿的大衣百分之一的威武。就冲那件大衣，贾得财就比他们伟大得多。什么叫爱情？什么叫自由？那都是假的，只有钱是真的。别人比他们先来的，只喝了两杯咖徘，走时给了一块钱小费。贾得财叫伙计一算账，竟吃了三百多块，以外还给了二十块钱的小费，不但伙计笑容满面，就是别人都为之侧目，唐梅君觉得这是光荣，假如同着丁后庚来，不也是两杯咖啡一块钱小费吗？

贾得财道："回去吃饭也来不及了，我请你吃馆子吧。"

唐梅君点头答应，绝不客气，她知道越不客气贾得财越喜欢的。

他们出了咖啡馆，进了饭馆。贾得财头一回跟女人一块儿走，摊商见了他们，用响亮的嗓子嚷道："你买点什么？苹果蜜柑，包点儿回去吧。"贾得财就觉得和唐梅君是夫妇一般，精神特别愉快。冲这几嗓子，就得买几斤回去。

唐梅君道："吃完饭再买吧！"

贾得财言听计从，来到饭馆，找个单间儿一坐。贾得财道："家里没电话真别扭，要不然把后庚找来，一块儿吃多好。"他故作违心之论。

唐梅君道："给委托商店打个电话叫伙计送个信去。"贾得财道："那翻手和脚的，我看你也饿了，后庚也许吃完了，我们就吃吧！"于是便叫菜吃饭。

唐梅君故意问道："大哥看白女士怎么样？"

贾得财道："按说弟妹给我介绍，我不能挑剔，不过我现在……"

唐梅君道："现在怎么样？"

贾得财忸怩道："唉，你不知道我的心思。"这么能够算计的男人，也会忸怩起来，这是他心里有愧的现象啊。

唐梅君明知故问道："你什么心思啊？"

贾得财道："现在，现在先不必谈吧。"

唐梅君道："说一说也没什么关系。"

贾得财仍是不肯说，唐梅君却一再叫他说，贾得财结结巴巴地道："按说我可不应该说，我是希望要一个像弟妹这样的朋友。"说完了，心里直嘀咕，怕唐梅君真的变了脸。其实唐梅君才不会变脸，她明白贾得财的意思。按说自己应当马上站起就走，往好里说，可以表示自己人格清白，往坏里说，还可以拿贾得财一手儿，不过她想假如一变脸，贾得财一僵，将来自己的财东算没有了，即或他不僵，赔了不是，也给自己的机会打消了。可是当时就顺着他的话，答应他的意思，那又太失了自己的尊严。什么叫尊严？就是叫男人抓住短处了。

她故装糊涂地说道："比我好的有的是，慢慢给大哥物色着。"她这不卑不亢，反而叫贾得财不知怎么好了。他抓不着她一点儿中心意思，越是这样，才越叫男人们迷了心窍。贾得财见她没有表示什么态度，他也不好再往下说，不过他知道自己不会失望的。

吃完了饭，贾得财还要沏壶茶，想和唐梅君多谈一会儿，唐梅君道："该回去了，后庚在家里等着我呢。"

贾得财摸不清她是什么心情，说对丁后庚忠实，她却这么浪漫；说她对丁后庚不忠实，可她口口声声总离不开丁后庚。贾得财因为

103

摸不着她的心情，便越迷惑。男人就是这种性质，妻不如妾，妾不如嫖，嫖不如摸不着。古人也说："求之不得，辗转悱恻。"可见这是多少年遗传下来的。

贾得财付了钱，他们走了出来。他们在市场里走着，唐梅君看见什么都要问价，方才同白小姐一块儿问价，是为表示她懂行市，现在要问价，她是故意给贾得财听的，她想贾得财一定愿意献金的，如见贾得财装作不理，那么价大的她就不要，价小的买两件，表示她不是敲。

果然贾得财真的掏钱，唐梅君遇见价小如二三十元的，她便执意不叫贾得财给钱。绕了一趟大街，买了不少东西，最后还饶上一包果子，说是给丁后庚带回去的。贾得财心想，这要是不成功，这钱花得可太不值了，但他相信没有不成的。

出了市场，贾得财当然得送她回家，这时丁后庚在家里等得着急，他倒知道他们不会在什么地方，只老不回来，他怕唐梅君借着贾得财请客，她再和别人约会去。等到他见贾得财把她送回来，他放了心。又见他们买了好多东西，给自己带果子，越发高兴，觉得贾大哥这样花钱，自己都不落忍了。

贾得财说："弟妹真受累了，当真给我介绍一位白小姐。其实我不过是随便一说，弟妹还认真了，哈哈。"

唐梅君道："我买几件东西，大哥直张罗给钱。"

丁后庚道："你瞧，又叫大哥破费了。"

贾得财道："这有什么的？别听钱数那么多，算起来没多少。"他们又谈了一会儿，贾得财走了。

第二天他们上班，白达就把丁后庚拉出去，说道："我报告你一个消息。"

丁后庚吓了一跳道："什么消息？"

白达道："昨天有人在市场，碰见唐梅君和贾得财一块儿走，很晚还没回去呢。"

丁后庚笑道："我知道，昨天还是贾大哥把她送回去的。"

白达一听，这个消息白报告了。他道："我以为你不知道，昨天不是她同白小姐去的吗？我想你一定知道是同白小姐去的呢。"

丁后庚道："我全知道，现在她不但事后告诉我，就是事前也对我说了的。"

白达道："可是贾得财这人，不是我神经过敏，这个人可不地道呀。"

丁后庚摇头道："恐怕还是你的神经过敏，那个人不错，我比你认识得清楚，那个人没什么心，对朋友真好。在这年月，实在找不出来，那真拿我当亲兄弟看待。"

白达道："这年头可不能拿外表看人哪？你得留神绿帽子戴在头上。"

丁后庚有点不屑于同他谈的神气，他道："你呀，我不是小看你，你实在没有见过伟大的人，所以你老对人不相信，因为你所见的都是些小人，没有君子，你总疑人是小人，你这是以小人之心，度君子之腹。"

白达一听，受他抢白一顿，心中气不出，可是又无法同他抬杠，这口气只得憋在心里。就如同对沈执中一个样，非得等他们到了绝地，落在自己话把底下，才算出气呢。他道："好啦，我也不跟你抬杠，你说我是小人，我就是小人，将来总有一天，君子和小人都分清楚了，叫你看见。"

丁后庚对于他这样侮辱唐梅君，已经不高兴，而说到自己要戴

105

绿帽子，尤其不高兴。他本来忌讳绿帽子这种字样，白达这样说，简直等于骂自己，所以他说："来说是非者，便是是非人。"

白达一听，越发生气，说道："好啦，我从此不跟你谈了。"说着转身走去。

白达心想好意告诉他，叫他留神，他倒抢白了自己一顿，非得想法报复不可。他又去找秦放，他说："你的爱人叫丁后庚夺了去，就不好看，假如再叫贾得财那小子占了便宜，你更丢人了。"

秦放一听，不由很生气，而他把这气放在白达身上，他道："你别这么胡说了，她是谁的爱人哪？根本我就不爱她，她爱跟谁跟谁，跟我说不着。"

白达一听，今天可真倒霉，净碰上丧气鬼。他心里道："哪天我非得叫你们打在一块儿不可，连沈执中都算在内。"

他气的时候，想得颇为周全，可是做起来，没有一件成功的。来到班上，正没事可干。忽然传来消息，说新科长今天到任。大家一听略微振作一些，他们每逢换一回科长，大家便振作一番，过了几天，便又松懈下去。新科长来的时候，都怕被裁，所以都不敢告假，不敢离职，过了几天，紧张的空气过去了，或是看到并不裁人，或是裁了几个，觉得自己可以保险无事了，于是又照旧懈怠下去，或是做买卖，或是经营副业。而每一个科长到任，发表说话时，也都那一套，什么励精图治、刷新政务、勤劳增产等话，所谓刷新，就是刷上一层新，这层新一掉，仍复旧观，等再换人时，再刷一回新而已。

今天他们这个科长，据说年龄并不大，姓穆，叫冠侯。以前没当过科长，知识倒是很丰富，而经验却缺乏。因为他知道自己的短处，所以他极力要往经验丰富那里去做。头天到任，他要训话，其

106

实训话不训话没关系，不过他要认真，不来这手续，谁知道他是科长呢？来到之后，便召集所属训话。大家听科长要训话，这事儿有点新鲜，向来没有科长训话的，他要训，倒听他训什么。

新来的科长穆冠侯，没有什么本事，但是他怕人家看出他没本事来，所以他要造作一番，表示他有本事。训话早就编好，还没发表上任的时候就编好了，意思正大，词句严厉，而态度要祥和。做出来的心貌不合一，讲究叫人家看他的脸，不晓得他心里是怎么一回事，这才表现着老练。

到任之后，大家一看，是个青年。心里就不大佩服，别看他是留学生，没劲。

穆冠侯召集大家，训起话来，大家一听，虽然和别人一样的官话，但心里总不佩服。不管贤的愚的、能的劣的，一样都打官话。官话虽一样，而从说话的态度可以看出来，究竟是老练不老练。这是官场人的本事，他们看穆冠侯说的这套官话，精神振作，就知道不成。打官话就得马马虎虎，要不怎么叫作官话呢？说官话一当作真的，那就不对了。穆冠侯讲演完了，自以为发生很大效力，走回自己的科长室。其实听的人，一点反应都没有。闻福清根本没听见，马湖听见又忘了，白达听了等于没听，秦放的心就没在这儿，丁后庚和唐梅君是隔几句听几句，沈执中在没有听之前已经想出穆冠侯要说什么了。

听说别的科长又不同了，一人一样。有一个科长，年岁较穆冠侯稍大，仿佛比较世故多了。他处处要表示他资格老，一进门见有女职员，他明知是女职员，但他却说："怎么办事员还带着家眷办公？"他表示他当科长的时候，还没有女职员，他不懂什么叫女子参政，他老以为女人还能做事，这不是瞎扯吗？

这两天班上倒热闹多了，穆冠侯坐在办公桌旁，不知干什么好。打了几个电话，实在没什么说了，他想得裁人才合适，不裁人无以震慑群僚。可是裁谁呢？他方才看见了唐梅君，在未到任之前，已经有人告诉他，全机关里有个最漂亮的女职员，叫唐梅君，就在他那里，今天他一见，果然名不虚传。他忽然想起来，若是把她裁下去，自己的名誉一定立刻振作起来。因为谁都知道年轻的科长没有不和女职员发生爱情的，没有不爱女职员的，而自己偏把唐梅君裁下去，这是多么令人吃惊的事！这叫手段，非得这样才能叫人摸不着准脾气。

他虽然想得很得意，但心里究竟还惦记唐梅君。这究属一个好机会，不能错过。仗着自己这样年轻，这样地位，这样资格，这样有钱，她还能不爱自己吗？假如把她裁了，自己便牺牲了这个机会，那未免可惜。可是这样一来，又不能惊人了，叫人抓住了脾气，也不大好。是要买人心好呢？还是自己得便宜好呢？他为这样犹豫了半天，拿不定主意，想着唐梅君那样漂亮，心里一阵阵痒得难受，于是自己给自己开了后门："过几天再说，先试探试探她有无诚意。"

不提他一个人捣鬼，且说闻福清追到马湖，问方才科长都说什么来着。马湖早就忘了，可是又似乎记得一点儿，他不能说全都忘了，遂道："科长说了半天，我就没着耳朵听，大概听了几句，说我们都得要做工。"大概他把工作听成了做工，两个字虽然一样，可是一颠倒，意思就差远了。

闻福清一听，不由一惊，忙道："我们做什么工啊？"他最怕做工。

马湖说："为增产。"

闻福清道："飞机场？哎呀！"他直发颤。

108

他又同沈执中去说："听说叫我们上飞机场做工去呀。"

沈执中以为他得来的秘密消息，他也惊讶起来，说道："你听谁说的？"

闻福清道："不是科长刚说的吗？"

沈执中以为科长单独对他说的呢，于是他信以为真。他们又和别人一说，立刻全办公室里都骚动起来了，连马湖都信以为真，他忘记是闻福清从他口里听错的了。这真是庸人自扰。

由他们这班上，又传到别的科里，一会儿的工夫，便传满了全机关。这个说："做工可以闹双重配给。"这个说："做工天天吃窝头喝凉水。"那个说："花钱就可以不去。"有人说："干什么都有弊，我们街坊被传做工，结果他花了三千块钱，说是有人替他做了。"又有人说："劳工名簿不知以什么做根据，是不是有我们？"大家喧嚷动了。有的准备花钱雇人，有的说死不干，有的发愁身体太弱，干不了力气活。这消息传到科长耳朵里，科长也直打听这消息是从哪儿传来的，是不是可靠。天下事大多如此，嚷嚷正了，就许有人借机会这样干下去，嚷嚷没劲儿了，又立刻风消云散，再另出新题目，新题目出来，大家仍然这样嚷嚷一阵。

丁后庚也跟着这样嚷嚷，嚷进贾得财的耳朵里，贾得财便劝他做买卖。他说："做买卖顶好了，当公务员真没劲，要是没有外钱儿，非饿死不可。"

丁后庚表示对于做买卖外行，贾得财道："现在没什么外行内行，做什么买卖都赚钱，你有这些钱不买卖东西，搁着干什么？"他先捧丁后庚有钱。

果然丁后庚要说没有资本这句话说不出来了，他道："对，听大哥的，做买卖。"他本来无意做买卖，不过贾得财一捧他有钱，他就不能不做买卖了，这样才能表示他确实有钱。他说："不过大哥得帮我看货，我简直不懂。"

贾得财道："那没错儿。这样，我们合着，要不然我那商店有很多东西，你拿去卖。我只算你一个本，剩下赚的是你的。慢慢熟了，自己就能做了。"

丁后庚道："对，就这么办。"

贾得财当天马上就拿来一件皮袍子，说道："皮袍这时虽然有点过时，可是能卖钱还是这种东西。这件皮袍，至少可以卖四千块钱，卖好了能卖四千五千。我是三千块钱买进来的，我这按三千卖给你，你拿到局子里去卖，准能赚一千块钱。我买了好多日子了，还算你一个本。"

丁后庚一听，真是欢喜得不得了，他觉得贾大哥太帮忙了，他道："我若多卖，也不能亏了大哥的。"

贾得财道："你这话说远了，我还能赚你的钱吗？只要你本钱，不过教给你怎么做买卖。"

丁后庚道："到底是做买卖，今天买进来，明天卖出去，就赚一两千。干一个公务员，一个月也挣不了这么些钱哪！"唐梅君这时也觉得商人比公务员伟大了。

贾得财又告诉丁后庚一套词，卖东西的时候，如何夸张这货物好，来历怎么高，买东西时如何贬这货物如何不好、不时兴、用处少等等话。丁后庚道："这个我倒全明白的。"

第二天，他便拿着皮袍子到班上去卖，他说有个朋友想回家，没有路费，急卖这件皮袍，所以非常便宜。他要五千块钱，可是给他四千五，我想他也许卖的，我当时拿不出这么些钱来，我看着白眼馋。这个便宜若叫打鼓的占了去，实在可惜。所以我拿来，诸位谁想留下，这可真便宜呀。现在用不着它才贱卖，这要是一上冬，就能赚几千。就是留着自己用，也比留着钱强得多啊!"

他这一说，果然有许多人都过来看，都说这个皮袍不坏，面儿也坚固。马湖这时也走过来，他一看不由一怔，这皮袍就是七百八十块钱卖给委托商店的呀，原来那个商店就是贾得财开的呀。他也不好言语，叫人看出自己卖皮袍，多么难看呢。不过贾得财也真狠些，七百八十元买的，要卖人四千五，这真是买死人卖死人。要知道这样，我何必卖给他们呢? 大家拿着这个皮袄，都说不错，都说便宜，可是没有人买。

这时科长来了，科长今天预备下条子免唐梅君的职，以表示振作，叫人看着自己不爱女人，可以杀一儆百。他走进办公室，见大家围着说什么，他们脸绷得很紧。这时唐梅君却道:"科长来了，请科长留下吧。"说着，便拿了皮袄走过来。

科长道:"什么?"

唐梅君道:"这儿有件皮袄，是一个朋友的，他因为用钱急得卖，大家都说便宜，就是没钱，这非科长留下不可。真便宜，才五千块钱。"

说着拿到科长面前，对科长那么一笑。科长沉不住气了，说不买吧，透着自己没有大量，说道:"谁的?"

唐梅君道:"一个朋友托我卖的，他是急用钱，要不然这件皮袄能卖八千，他现在只要五千块钱，科长留吧，科长还在乎这五千块钱? 同时又买东西又周济人。"

科长道:"好吧。"

唐梅君连忙鞠躬道:"我先替我这朋友谢谢科长了。"

科长立刻掏一沓五百元的，数了十张，递给唐梅君道:"这个皮袄我怎么拿着?"

唐梅君道:"我给你送公馆。"

科长笑了,幸而没把她免职。他一边答应着,一边走进自己的屋里。唐梅君冲着丁后庚一吐舌头,丁后庚也欢喜了,到底她会办事,真机灵,要不然这皮袄卖不出去。

到了下班,唐梅君拿着皮袄送到科长公馆,还吃了一顿晚饭。晚上回到家里,贾得财正在那里。唐梅君对丁后庚道:"有我一千,不能你都拿着。"

丁后庚道:"说是有你一千哪。合着五千块钱,还贾大哥三千,剩下我们一个人一千。"说着,便给了她一千块钱。

贾得财道:"你们两口子还这么认真。哈哈。"他把三千块钱收起来。

丁后庚道:"到底是做买卖赚钱。"

贾得财道:"当然,看怎么赚钱了。"丁后庚这时仿佛已经得着了诀窍似的。

这时马湖在家里,想起自己的皮袄,居然人家卖到五千。这年头儿,就是毁老实人。谁叫自己不会做买卖呢。古来世界上的文化艺术,差不多都是商人流通的,本国的艺术品,没有商人便不会运到外洋去。人之为利,实在比为名还能拼命。看现在这跑单帮儿的,真跟拼命一个样。图什么呢?马湖越想越觉得这里有许多问题似的,什么问题,又想不出所以然,他也懒得想。他想把皮袄这事对马太太说了,但又怕太太对贾得财他们印象不好,又得罪朋友。这个事儿,只有记在心里了。马湖并不是什么都忘,有时候也能记住一点儿,记住的也不全忘,不过一阵一阵地想起来而已。

过了两天,上边下了条子,叫丁后庚出张,来往得一个礼拜的工夫。丁后庚本来不在乎出张不出张，出张还能多剩点钱。现在不是新婚不久吗？他不大愿意出。他并不是舍不得唐梅君，而是不放心唐梅君。大家也全替丁后庚提着心，觉得唐梅君有点靠不住。丁后庚一走，没有人顶后跟，难免又放了闸。因为唐梅君根本是感情奔放的人，没有一点理智，无论什么人追求她，她都不拒。她自己常对人说："凡是追求我的，都是爱我的。"她以为即或在大街上有俩登徒子急色儿抱着她要乖乖，她都认为那是爱的表现。固然，那确实是爱的表现，可是爱哪一点却是个问题，而且这爱是不是能够维持得长久，也是问题。像那种肉色的追求，到手之后便渐渐生厌，这种爱就不能叫作真爱了。比方一般捧角的，那都是一种肉欲的追求，谈不到什么爱情。而唐梅君不理会那些，她不往永久上想，只看当时人家表现得狂热，她便认为这是真正的爱，她不但接受，而且还以自己的肉体来安慰人家以作报答。这是生理上的病态，她要大胆地不顾廉耻地帮她所要做的事。一般无知的人，把这种叫作"摩登"，这真给摩登加上极大的罪过了。

贾得财知道丁后庚出张的消息，他给丁后庚饯行，请他们夫妇两个人吃饭。席间贾得财很表示惜别的意思，可是他心里是愿意他走的，走得越远越好。他说："不去成不成？"

丁后庚道："不去怎么成呢？上边派去的，除非不干了。"

贾得财道："干脆就不干了，这几个钱，还不够受他支使的呢。"

丁后庚道："可是出一趟单有出张费。"

贾得财道："那还可以。赔钱不赔？"

唐梅君道："不赔钱，有时还能剩钱呢。"

贾得财道："那更好了，那还可以多出几趟，按说从前做官，都讲究越派外差越好，是不是？"

113

丁后庚道："不过现在这路上不好走。"

贾得财道："没关系，出去还可以带点东西，做点买卖呢。"说不出他到底是什么主意了。

他问好出发的时候，他说到车站去送行。丁后庚说："明天上午十一点钟的车。"

贾得财道："那时间从容得很，我一清早到你家里来，我们一块儿上车站，省得到那里找了。"丁后庚还客气几句，贾得财是执意要送。

当天晚上，丁后庚和唐梅君回到家里，自然有一番温存。丁后庚千嘱咐万嘱咐，意思是希望唐梅君下班就回家，不必到别处玩去。如果寂寞，可以叫大哥约上三哥到家里打牌来。他倒是放心贾得财。

唐梅君道："我知道呀，不用你嘱咐。你回来的时候可以问哪。"

丁后庚道："我不是别的意思，我是为你。你少出去玩，一来可以省钱，二来天时不正，着凉感冒，容易生病。"他还表示是为唐梅君。但不管说什么，反正唐梅君知道他的意思，说什么都答应。

第二天刚起来，贾得财就来了，提着一蒲包果子，一蒲包点心，他说不成敬意，老弟可以在路上吃点点心，站上卖的东西贵还不提，简直不能吃。丁后庚道谢不迭。

贾得财道："行李都打好了吗？"

丁后庚道："打好了，就是一个提箱。"

贾得财道："好极了，越简单越好。早晨也得吃点什么。"

丁后庚道："吃饭恐怕来不及，现在车站非早去不可。"

贾得财道："那就吃点烧饼馃子吧，我去买去。"

丁后庚道："有人去。大哥不必去了。"

贾得财备一百块钱给丁后庚叫人去买烧饼，吃完了便雇车到

114

车站。

丁后庚一进车站，心里就觉得十分凄凉。他对贾得财道："大哥没事可以约三哥一同到我家打牌。我同她说好了，每天下班早回去，闷得慌可以约大哥三哥打牌，比在外边玩强得多。"

贾得财一听，真没想到他会有这种话，说道："没问题，没问题。弟妹倒是少出门的好，如果闷得慌，我约老三到家来打牌。多忙我也得匀出工夫来，老弟放心吧。"他还表示他不得已而来。

丁后庚真是要感激流泪，觉得贾大哥这个人太好了，就怕唐梅君得罪人家。他们上了车找座位，丁后庚仿佛有许多话要说，可是又想不出说什么来。"别"这件事，滋味真不好受，他想到古人"阳关话别"的情景，却是令人依依不舍。可是贾得财与唐梅君心里，一点惜别的意思没有。

火车笛一鸣，丁后庚真要哭出来，贾得财倒还真安慰他："好在十天左右的工夫，不是一转眼就到呀？家里你放心吧，就是到一处来封信，叫家里也放心。"

唐梅君笑嘻嘻的什么也没有说，铃铛摇起来，他们下了车。

火车慢慢开动了，丁后庚在车窗里探出头来，仍然望着唐梅君。唐梅君向他摇着手，一会儿，车越去越远，以至于不见。贾得财对唐梅君道："我们回去吧。"

唐梅君点头答应着，她道："贾大哥再见吧！"

贾得财道："弟妹也饿了，我们吃小馆去吧！"唐梅君也无可无不可。

出了车站，贾得财雇了车，到了饭馆子里，他们要了饭菜，贾得财想吃完饭再约她看电影，假如看电影她也能去，那晚上就可以约她到旅馆去打牌，假如旅馆她也去，那打完牌可以留下她了。可是又一想，她如果不去呢，她拒绝了呢？不去也还没有什么，假如她再告诉丁后庚说："贾大哥约我看电影，我没有去。"这就对自己不利，叫丁后庚一定猜疑，说自己太不地道了。

想着，吃完了饭，贾得财付了钱。唐梅君看着他这回付钱，仿佛就没有以前痛快似的。其实这是她心里的毛病，贾得财倒没有不痛快，只是有些发愧罢了。

他们走出来，贾得财给唐梅君雇车，唐梅君这时又觉不好意思，坐上车，回头对贾得财道："大哥。"

贾得财道："弟妹，你有事吗？"

唐梅君道："晚上到家里打牌去呀？"

贾得财一听，又欢喜了，忙道："弟妹不嫌吵得慌就成。你什么时候回家？"

唐梅君道："我下了班就回家，大哥到我家里吃晚饭去吧！"

贾得财受宠若惊地说道："好好好！"

唐梅君上班去了，今天来到班上，便和往日不同。丁后庚虽然管不了她，但是有他在旁看着，究属不方便，现在她仿佛得了自由似的，别人对她也换了一副精神。有太太而漂亮的，如果不能钉后跟的话，最好不必到机关里做事。在理论上，这话实在不对，而在事实上，却实在大有关系。沈执中便时常发表这种谈话，这种谈话是他从事实上目睹经验来的。

马湖就不大注意这件事，因为他根本没有考虑到这个问题。他的脑子好像很忙，可是细一琢磨，脑子里是什么也没有。就好像一块树胶橡皮，用针一扎，也扎了进去，拔出来时，那孔却又不见。他还问："后庚怎么今天没有来？"

白达道："他不是出张了吗？"

马湖道："噢，对了，我还忘了这个茬儿了呢。"

白达道："北海这时候可好玩极了，下班到那里绕个弯子倒不错。"他这是说给唐梅君听的。

唐梅君没有言语，白达又拉秦放道："老秦，下班我们北海转转？"

秦放道："好呀，我正想去呢。"

唐梅君道："我也去。"

白达心里暗笑，果然她中了自己的谋略。他道："得，有了两位同志了。还有谁去？"

闻福清道："上哪儿？"闹了半天他还没听见。

白达道："北海。"

闻福清道："北海这时候才没意思。"

白达道："这时正有意思，你懂吗？你去吧你！"

闻福清道："我不去。"大家一听，全笑起来，连马湖都笑了。

到了下班，大家刚要走，忽然科长请唐梅君，唐梅君遂去了，白达和秦放两个人只有在大门等着。等得这个工夫大了，也不知科长找唐梅君什么事。不等她，又怕失了机会；等她，又不知等到什么时候。又好半天，唐梅君才出来。

他们一块儿走着，秦放问道："科长找你什么事？"

唐梅君道："没事，瞎聊一阵，他给我一张话剧票。他说人家派他的红票，他没有工夫去看，所以给了我。他又问我话剧社的情形，哪个剧团好，哪个剧团不好，我简直不愿同他说。可巧这时有人给他打电话，我赶紧就出来了。"

说着，一见两个都没有雇车的意思，只得同他们一块儿走着。虽然并不算远，但是走到那里，还绕不绕呢？在这时候，她想到贾

117

得财的好处，现在差强人意的是俩西服青年两边保着自己，至少要叫别的女人看着羡慕自己的。圣人造这个嬲字，一定费相当研究。他准知道三个人走路，绝不会两个男的靠在一起。白达和秦放，谁也不愿意自己成为一块萝卜干儿。唐梅君若是同白达说话，秦放必定叫唐梅君说话；唐梅君若是同秦放说，白达必定在旁边答言。

北京城里的道路又太不给劲，三个人并行起来，能够阻碍交通，如果来辆车，右边的那个人就得跑前跑后。跑在前头，说话挺别扭；赶在后头，样子也不好看。天生的一男一女算是一对，硬要参加一个"三丁儿"，怎么摆也没有"二板"好看。

来到北海，白达说："不必买票。"他向来不买票。

秦放道："那么我就不买你的票了。"唐梅君一看，这两个人连张票钱都舍不得花，比起贾得财差远了。

进到北海，由前门走到后门，他们还要往西边绕。唐梅君累了，她想还得绕回去呢。不能再往西边去了，况且天都黑上来，游人也没有了，又饿又渴，光是这么绕，他们两个人都没有表示上哪儿吃饭或喝咖啡的意思，回去吧。她说："天不早了，你们到我家玩去呀？我们一块儿回去吧！"

秦放和白达答应着，一块儿往回走。出了大门，唐梅君可不能不雇车了，白达和秦放只得跟着坐车。一辆车三十元，唐梅君的车拉起来头里走了，白达的车夫还跟秦放的车夫相让，白达道："走吧，让什么？"车夫生在礼义之邦，拉车也让，可是他们就不顾得坐车的心理了。结果秦放的车跑在头里，白达落在后面。白达心里说："到地方多一块钱也不给你。"他们在车上算计着，一辆车三十元，三辆车就得一百块钱了，一百块钱固然不值什么钱，但谁拿出一百谁也心疼。

到了家门前，车放下了，白达这回在后头占了便宜，秦放和唐梅君都掏着钱，不能不掏，站在那里不动弹，不像话。白达却还坐在车上嚷："我给我给！"

秦放道："我这里有零的。"他掏出一沓票子来，十元的五元的，还有一元的，一张一张地数。白达下了车，装作掏钱的样子道："我给我给。"

唐梅君早就把自己的车钱给了，走进去道："我进去了。"

秦放的钱还没数利落，白达拿着一百元的票子，不能不给了。他叫车夫找。他道："老秦，你不必数了，我给了他，回头你再给我也没关系。"他暗含着表示车钱不能请客。

秦放道："也好也好。留着零票儿好打牌。"

车夫看惯这种虚伪的礼让剧，所以也并不以为奇，把钱找了，他们走进去。

走进屋里，才知道贾得财先来了。贾得财买了好多熟肉，预备请唐梅君吃的。他本来想约宋明中，后来一想，既是唐梅君约自己，何必还搭上宋明中呢？一个人正好进攻。谁知他来了好久，也不见唐梅君回来，天都黑了，他想唐梅君应早就下班，她又上哪里去了呢？是不是怕我来，故意涮我？自己拿着肉，又不敢吃，等着吧，反正她得回来，绝不会住在外头，可是也没有准儿。

他正嘀咕，唐梅君进来了，他一见十分欢喜，不料后边又跟进两位，欢喜又减去了五分。他道："弟妹吃饭了吗？"

唐梅君道："没有呢，我还真饿了。"

贾得财道："正好，我买了不少熟肉来，我们烙饼就成了。如果弟妹累了的话，就买点烧饼也好。"

唐梅君道："我真累了，我们跑到北海绕了一个圈子，哎呀真把

119

我累坏了。"说着，坐在沙发上不动。

白达道："老秦，你那三十块钱不必给我了，买烧饼得了，好不好？"

秦放只得说道："也好。"他后悔还不如给了他，这一买烧饼，自己还得赔出几十去。他道："买多少？我去买去。"

白达道："一个人照着十个买吧。"一个烧饼四块钱，十个烧饼四十块，四个人就一百六十块钱，秦放有些难色。

唐梅君道："我吃三个就够了。"

秦放道："我差不多四个就够。"

白达道："照着一百块买吧！"

秦放心说："你这小子真这么开发。"他走出去了。

贾得财道："弟妹受不了这累，以后别去了，连我走那么一个大圈儿还累得慌呢。"

唐梅君道："因为怕大哥在这里等着，所以也没有歇着。"她还叫贾得财搭个情。

一会儿，秦放回来了，把烧饼放在桌上。贾得财把熟肉打开，还有一只熏鸡。他道："就这么撕吧，弟妹坐点开水，我这里带着两包好茶叶，回头吃完了一沏茶，好不好？"大家赞成。

唐梅君去坐开水，秦放说："这烧饼个儿还不小，一个人绝吃不了十个。"

贾得财道："吃不了。"秦放诚恐不够吃的，他还得买去。他吃到第四个就不吃了，其实他还没有饱。但既然说过只吃四个，就不好意思再吃了。虚伪原来也有不上算的时候。

吃完了唐梅君要打牌，白达的钱给了车夫，秦放的钱买了烧饼，没有钱打着多难看。他们你看我我看你，都说不打。

白达说："我家里还有事，必须早回去。"

秦放说："我家今天晚上还有人找我去，我不能涮人家。"于是两个人一同别了出来。

白达对秦放说："贾得财这小子可没安着好心哪。"

秦放道："没用，白搭。"

白达道："他可不白搭呀，人家有钱。"

秦放道："有钱也不成。"

白达道："你瞧着的，我说了这话在。"他们抬着杠分了手。

过了两天，唐梅君忽然没有上班，大家以为她也许有事。谁知白达下班时，竟看见唐梅君同着贾得财从旅馆里出来，雇上车，飞也似的去了。白达终没赶上，他相信没有看错，他点了点头道："大事定矣！"

他为了证实他的先见不错，他又把看见唐梅君和贾得财从饭店出来的话，对秦放说了，秦放仍然不信。不过看着唐梅君的态度有些改变，新做的夹大衣，新买的鹿皮鞋，金镯子也戴上了。

又过了几天，丁后庚回来了。白达和他说："有一天唐梅君没有上班，你知道吗？"

丁后庚道："我知道。"

白达道："她也没回家。"

丁后庚道："我知道，她上她娘家去了，她早就同我说了。"

白达道："可是我看见她同贾得财一块儿坐车……"

丁后庚道："你不必说了，我全知道，她那天同他做衣服去了，因为贾大哥认识那个衣服店。你一说我就明白了，梅君什么都对我说的。你的心太脏，譬如她还同你和秦放上北海，她也同我说了，若是别人看见，不也要胡说八道吗？"

白达这时无话可说，而丁后庚却更相信了唐梅君。白达是干生气。他又对沈执中说了，沈执中说："人家自己都不生气，你生的是哪门子气？你跟我学，就把自己的事弄好，别人的事，一概不管，又省心又省力。"

白达道："那这样岂不给社会添许多罪恶？"

沈执中哈哈笑道："管他什么罪恶，碍不到你的身上，就不用理它。"

白达道："那作恶的人更无忌惮了。"

沈执中道："什么叫忌惮？这个唬不住人。他若知道忌惮，根本就不去做了。人心已经坏到这个地步，只有自己管自己，最好。听我的，你以前总跟我反对，将来你有相信的时候。"白达一听，似乎有点道理，但他仍旧不以为尽然。

过了几天，唐梅君忽然要上天津，她说到天津买点儿东西，丁后庚还费了很大的劲，给她告了假，她上了天津了。她上天津这几天，贾得财也没有找他来。丁后庚还认为贾得财有点不地道，太太不在家，他就不来了。谁知有人从天津来，说在天津看见贾得财同唐梅君在一起。丁后庚这才有些疑心。等到唐梅君回来，他向唐梅君一问，唐梅君反而同他吵起来，她说丁后庚妨碍她的自由了。

丁后庚一生气，骂了唐梅君几句。唐梅君竟提出离婚的话来，丁后庚说："离婚就离婚。"这是他气头上的话，谁知唐梅君真的站起来就走出门去。丁后庚也不拦她，拦她岂不丢了自己的尊严？他以为唐梅君终是要回来的。谁知唐梅君竟没有回来。

两天没回来，丁后庚沉不住气了，他找到唐梅君的娘家，她娘家说没有回来，他很纳闷。谁知贾得财却找了他来，说道："你们两口子为什么吵架呀？她上我那里去了，她说非离婚不可，我想当时给送回来，你们一定还吵，反倒不好，不如先在我那里住两天，把你们的气都消消，我再给她送回来。"说的真是仁义道德，八美具备。

丁后庚只得委曲道谢，他说不为什么，一点小事，她就发那么大气，非同我离婚不可。贾得财道："真是瞎闹。晚上我给她送回来吧。"丁后庚再三感激。

到了晚上，贾得财没有来，却打发一个人来说："丁太太说什么不愿意回来了，贾大哥请您有工夫晚上到他那里去一趟。"

丁后庚一听连晚饭也没有吃，便到贾得财家里。到那里一看，马湖和宋明中都在那里。贾得财说："老弟来了很好，我们来求老二、老三帮着劝解，弟妹始终不听。清官难断家务事，你们最好自己商量怎么办好了，当着老二、老三，你们实话实说出来！"

丁后庚一见，唐梅君坐在沙发上，吸着烟卷儿，腿儿叠着，颇有话剧团的女主角的神气。丁后庚一看，就知难以挽回，她这些日子同贾得财处在一起，手头花得太多了，决难再跟自己吃窝头去。那时对贾得财不注意，老怕她同秦放接近，真是错了主意。其实她若同秦放接近，倒还不至于同自己离婚，因为秦放同自己一样是穷光蛋哪。唐梅君已经得到这样享受的快活，当然是不会再跟自己回去的。他这时有了先见之明，不过这样就放弃了，终是不甘心。他没有言语。

贾得财道："弟妹有什么话？弟妹说。"

唐梅君道："除了离婚，没有第二个方法。"

贾得财道："你是咬定牙关就是这个主意了，那么老弟呢？"

丁后庚这时心里非常难过，如果他不认可离婚，觉得自己太没骨头，而且不认可也不成了，一狠心，说："离婚就离婚，我不在乎。"

贾得财道："你们二位同意离婚，别人也就无法再往下说了。离就离吧，离了也好，勉强凑在一块儿，都不好受。干脆离开些日子，将来有机会再结婚也没有什么。外国人不是常这样干吗?"贾得财也不知从哪儿知道外国人净这样干。

宋明中也赞成离婚，他说："与其貌合神离，不如貌离神合。离开倒谁还想念着谁。"

贾得财道："还是老三见解高。不过我老怕老弟一时心忧解不开扣儿。"

丁后庚道："没关系，根本我就没把这事放在心上。"

贾得财道："这是老弟的开阔。对，那么我这里有纸有笔，你们两个人写个字据，由老二、老三给证明一下。倒不是为别的，省得将来麻烦。我的主意，你们两方都不准要求损失费、赡养费什么的，都得看着我的面子。"

说着，便拿了纸笔，写道："立字据人，丁后庚，唐梅君。近因意见不合，双方同意离婚，以后男婚女嫁，各不相干。此据。立字据人：丁后庚，唐梅君。证明人：宋明中，马湖。"又写上年月日，各盖图章，没有带图章的，按个手印。得，这个事算是完了。

贾得财说："以后还可以按朋友走。今天她先住在我这里，明天到家里去取她的东西，让她回她家去。从此愿意见面，就在这里见也可以。"

丁后庚这时心里说不出的难过，一口血真要吐出来。他坐不住了，便站起来道："明天见。"他竟走了出来。

马湖也不坐着了，回到自己家里。马太太问道："贾大哥把你找去什么事呀?"

124

马湖道："老四同四弟妇离婚，由我跟老三做证人。"

马太太道："哪有这么办的？愣拆十座桥，不破一门婚。你怎么干这事？你应当给人家说合才成呀！"马湖这时一想，实在后悔不迭，可是马后炮也来不及了。

宋明中因为贾得财帮过他的忙，所以不能不听他的，自己这是图什么呢？越想越不合适，为了这个问题，他心里总觉不安，彻夜睡不着觉。

过了两天，贾得财同唐梅君结婚的消息传来，大家早已料到必有这一幕，不过都想到现代人心，实在是不可救药了。不管是男人是女人，都已经把廉耻丢开。

白达这时仿佛出了气，卖着山音说："怎么样？不出我所料吧！拿那小子当好人，也太糊涂了。"

丁后庚这时简直是无脸再见人，他要求局长把他调到外边去服务，离开这里，见不着这一群，心里或许还好受些。局长便派他到青岛去。他接到命令，马上离开北京，跑到青岛去了。

放假的日子，自己散步在海滨，望着海潮波浪伏地幻灭不止。他悟到人生不过如此。波浪借着风的力量，涌起很高，把前边的浪头顶下去，等到后浪翻来，再寻那高浪，已毫无踪迹了。人之患得患失，这是多么可笑的事！他从此不再追求那个不可捉摸的迷梦了。

书说至此，便告结束。

红 叶 谱

第一章　世事为棋局

教员休息室的一角，正有两个青年教员在摆棋。那个叫孙雁行的摆黑子，那个叫余朝晖的摆白子，这一局棋，正摆在中间紧张激烈的时候。

棋势越激烈，双方越沉静，都在绞尽脑汁思考。孙雁行的黑棋一角被白棋侵入，居然要在黑角中谋得好路。白棋若在角中活了，黑棋便死；黑棋若活，白棋必死。按情理说，这角本是黑棋势力，孙雁行以为白棋绝不会做活，但他一时不慎，白棋居然站得脚步，似乎比黑棋还要稳当。

孙雁行一看，这棋不能再马马虎虎地往下摆，越摆自己的棋越紧。还是想方法破白棋的眼，使白棋不能做活，然后自己才能稳当，至不济也可以双活，平分春色。

可是这时余朝晖并不希望双活，因为自己的路子活得并不宽，双活太不上算，还是想法叫黑棋不得活才好。黑棋若死，自己便可大胜，若是失败，自己亦损失不大，所以他一步不放松。

于是黑棋便显得吃力多了，步步总走后手，他唯一挽救的法子就是夺回先手来，先发才能制人。可是夺回先手却非常不容易，余朝晖总是占着先的。孙雁行费了绝大的脑力，最后走成的结果是

"劫活"，就看谁的劫多了。

孙雁行看了看劫打不过余朝晖的，劫若是打不过，那个角儿便牺牲了。以外还有两个法子，一个法子是紧旁边那块白棋的气，旁边白棋一死，自己黑棋不打劫也可以活。但白棋的气却长得很，一时包围不住。还有一个法子，是自己冲出去，和其他的黑棋打通一条路连在一起。可是白棋围得很严，打通是不可能的。

他着急得不得了，夹着一个棋子，怎么也下不去，看着发怔，脸也红了。他道："老余，你这人性情不大好，过于毒。过于毒的人，对于寿命不会长的，人应当往大方里做。"孙雁行迁怒于余朝晖的人格问题。

余朝晖以为下棋是下棋，手段是手段，极力往大方里做固然很好，但是输棋却又有何意味呢？他明知道输赢没关系，但输了总不好。度量是一个问题，尊严也是一个问题。打官司和打仗的，多一半是为了置气的缘故。即或自己输了，对方也未必看轻自己，但自己心里不快活。

他道："胜固欣然，败亦可喜，你别着急呀。"

他引了苏东坡一句典来宽慰孙雁行，他是宁愿多说几句好话，也不愿输给他，他很好胜。固然他也想达观，但不由心里不顾下人。

这时有别人走了过来，看他们下棋，究竟是什么结果。平常孙雁行总自称他是学校中的国手，一旦败在余朝晖手里，太不好看。孙雁行和余朝晖不但是同事，而且也是同学。不过，两个人不一样，孙雁行是数理系，余朝晖是国学系，两个人的功课正相反。他们两个人的认识是在学生俱乐部摆棋认识的，两个人都好下棋。毕业后也回到中学来教书，休息的时间，两个人便下棋。论功夫，孙雁行下的功夫大，他真抱着棋谱看。余朝晖完全仗着他的聪明。两个人下起棋来，孙雁行拿着棋子半天不下，一目一目地数半天；余朝晖拿起就走，但大致还不差。他不常看谱，但是看过一回谱，就能应用。孙雁行光是死背。两个人一下起来，真能废寝忘食，若是有功课，也把这盘棋放在那里不动，下课之后，再接再厉。上课的时候一边讲着课，一边想着这盘棋。有的时候，讲着讲着就把棋谱的话给说了出来。

今天这盘棋，孙雁行是要失败的，但是他不服气，他总说是有法救的，其实是没有办法了。

余朝晖道："不必走了，算输了吧。"

孙雁行道："输了？还有救的。"

余朝晖道："没有救了。"

孙雁行道："那不一定，谱上时常有起死回生的着儿，看着已是死了，可是走上几步，便能通体全活。"

余朝晖道："我也明白，但是你这盘棋是没救的了。你若不信，今天先把它搁起来，你想一夜的法子，明天再接着摆。"

孙雁行道："不，今天就能想出来。"

余朝晖道："那么你老不下，我跟你耗不起。"

这时别人也说不成，可巧来了解围的了。开门进来一个女生，朴素美丽，她叫方碧容。

方碧容不但美丽，而且功课还特别好，她是全校的高才生。不但余朝晖同孙雁行喜欢她，就是别的先生没有不喜欢她的。她是全校的宠儿，连同学都爱她。她也不特别打扮，但无论穿什么，都是美丽。她穿什么，大家都得学她。

她进来道："孙先生，这道题我还不明白，您给讲讲。哟，您这儿摆棋哪，明天再说吧。"她故意要走的样子，其实她一进门就看见下棋呢。

孙雁行道："完了完了，你哪一道题不明白？"

余朝晖一笑，也就把棋子收起，方碧容把书递了过去，指给孙雁行看。孙雁行也早就看见了，但还装作没看见的神气，能够多耗她一会儿就多耗一会儿。找着之后，便给她详细解说，她早就听明白了，但孙雁行仿佛老说她不明白似的，翻来覆去地讲。所以高才生永远是高才生，别人倒也想高来着，可是先生就不这么肯费力气讲了。

方碧容道："我明白了，我明白了。"

她再三地说，可是孙雁行还舍不得牺牲这个机会，遂又问她道："那么这一道题你明白了吗？"

方碧容道："这道也明白了。"

孙雁行道："那很好，在家里最好多熟习熟习，这点很要紧。"

方碧容道："我知道。"

孙雁行道："你在家里温习吗？"

方碧容道："温习。——余先生打搅你下棋了。"

余朝晖道："我们已经摆完了。"

孙雁行道："你温习多久……"

方碧容道："我每天温习两个钟头，余先生胜负？"她一边答着孙雁行的话，一边问余朝晖。

余朝晖道："孙先生输了。"

孙雁行道："你才输了呢，你若赢了，何必这么急忙地收拾起来？"

余朝晖笑道："怕你不好看。"

孙雁行一听，越发脸红，说道："咱们再重新来一盘？"

余朝晖道："你再输了，多不好意思？"

方碧容道："余先生总喜欢说笑话，孙先生是太认真。"她替孙雁行解释，怕孙雁行真着急。

余朝晖笑了，说道："你在家里先温习数学吗？"

方碧容道："什么功课都温习。"她怕得罪别的先生。这时屋里的先生们没有不赞成她聪明的，说话十分周到。

方碧容问完了功课，便拿起书来，说了一声再见，她出去了。她出去之后，屋里立刻显得清静寂寞，大家都觉得无聊。

余朝晖道："我也回去了，明天见。"他也走了出来。

出了校门，安步当车。走了不远，忽然听见后面有车铃的声音，他急忙躲开，叫自行车过去。谁知自行车走在他的旁边却站住了，他一看，骑车的却是方碧容，他不禁大喜。

方碧容下了车，说道："余先生回家吗？"

余朝晖道："对了，你也回家？"

方碧容道："可不是？"

余朝晖道："你骑上车走吧。"

方碧容道："我陪您走几步。"

余朝晖道："那你回去不晚吗？"

方碧容道："不晚。余先生最好下围棋？"

金朝晖道："没有事的时候，拿它消遣可以省却多少金钱。"

方碧容道："不费脑力吗？"

余朝晖道："因为乐在其中，所以并不感觉头疼。尤其我这种下棋的方法和孙先生不同，我不大用心，一时兴之所至，看到哪儿就摆到哪儿，绝不算计。孙先生倒是真下功夫，棋谱都要背下来。"

方碧容道："我看那样倒苦吧？"

余朝晖道："苦倒是苦，不过孙先生并不以为苦，好胜的心胜过一切的。"

方碧容道："下棋可以看出人的性格来吗？"

余朝晖道："可以呀，唯有下棋，最能看出人的性格和人的修养。不过能彻底看出也不容易，因为好胜与涵养是有点冲突的。好胜与涵养，都可以说是优点。"

方碧容道："那么怎么才算好呢？什么态度合适呢？"

余朝晖道："大概是好胜而不伤涵养的，算是最好吧，可是这却很难了。"

方碧容道："下棋可以看出人有学问没有是不是？"

余朝晖道："不见得，有学问的人，不见得就会下得好棋。所以下棋不能看出学问，而是看脑力活泼不活泼而已。有的有学问的人，摆起棋来非常幼稚，有的市俗中人，摆起棋来，下一个子如同神助一样，那种气魄，那种力量，玲珑透体，绝不像其人，这也是有的。不过有学问的因为接近的缘故，所以下棋的多些罢了。"

方碧容道："我时常看您和孙先生下棋，孙先生仿佛老深思很久似的。其实孙先生那个人的日常生活，我看比您马虎，是不是？"

余朝晖道："你这话很对，可见你也很细心。所以拿一件什么事，就批评一个人的整个儿优劣，那是不全面的。有的人外表看着吊儿郎当，而脑子却绝对科学；有的外表很聪明，而脑子非常迟钝。"

方碧容道："您看孙先生聪明不聪明？"

余朝晖道："孙先生是个聪明人，他有一种常人所不及的脑力。譬如数目这种东西，在我就不成，不但强记而头疼，就是解算一个问题，也很吃力。但孙先生对于这问题清楚得很，这是常人不能的。

算数这个学问，不但要记忆强，而且理解力也得强才成。所以我认为凡是数学好的人，才是大智慧者。若是像文学这类的学问，究属是小聪明。"

方碧容道："那孙先生下棋却为什么那样吃力呢？"

余朝晖道："棋之一品本属于游艺，拿它陶情冶性，却是好的，如果当作数学那样强记硬算，就失去游艺的价值了。近代围棋家，多以科学的精神来研究围棋，就不如古人透彻了。所以什么事情必须以什么立场来看，棋的学问，却包含着许多人生哲理。如果我们以下棋的经验来体会人生，那便得到好多益处。常言说世事如棋局，一点不错。"

他们一路上且谈且行，一直走了很远，才分别了。

余朝晖看着她的后影，飘然欲仙，十分爱慕。虽然自己的年龄并不大，而且也没有结婚，但究属是师生关系，所以他除了爱慕之外没有一点别的想法。

过了几天，学校便放寒假了。今年的寒假特别长，大家回到家里，各自干各人的事情。有的趁此长时间的假期，大可做点买卖，跑跑单帮。

余朝晖每天只是读读书，下下棋。这天，他忽然接到方碧容一封信，他深为惊奇，急忙打开一看，信瓤很多。他以为她的信很长，再一细看，原来她的信里附着两篇稿子。那信上说：

余老师：

您大概忙着过年，而我却来分您许多时间，您不生气吗？这两篇稿子，是我在学校上课时做的，屡次想求您改，只是不敢拿出来。有一天我到休息室去找您，本是想把这两篇稿子交给您，可是到了那里，我竟问了数学，却没有把稿子拿出书袋来。后来在路上又遇见您，我仍然没有拿出来的勇气。真奇怪，我怕什么呢？请老师改稿子，不是应该的吗？所以我现在终于给您寄了去。我有我的要求，在您看它以前，千万别笑我呀，笑我以后就不写了；在您看了以后，必须详细地给我改一下，并且希望您写点批评给我，越多越好，我的爸爸快要祭灶了，不写了。祝您快乐！

学生方碧容

余朝晖看了她这篇信，并不急着看稿子，而是闭目想起来，想她为什么写了稿子不敢交给我？以前写了这么多文章，也没有这回发怵。甚至她的日记还时常拿来给我看，两篇稿子为什么不肯痛快交给我呢？怕别的先生看见吗？但是在路上也没有给我呀！一定是这两篇稿子写着什么。

一想到这里，急忙打开这两篇稿子一看，见一篇是一首诗，一篇是一封信。那诗的题目是"雨点"，意思是说雨由天空落下来，或是落在河里，或是落在海里，雨点在空中悲哀了，它是落在河里呢？是落在海里呢？

余朝晖一看，知道她这篇稿子含有别的意思，她是以雨点来比作她自己。大概她有一件事在徘徊，不知怎样好，所以感到彷徨，感到悲哀，可是她为了什么事呢？

他又看她那篇，那是一封信，题目是"寄给一个师资的朋友"，余朝晖一看这个题目，心里就一动，他又看内容，内容却缥缈迷茫，抓不着她的中心点。词句是非常美丽，大概还为了避免显露，故意隐含着意思，所以辞藻要费一点苦功夫的。意思是说她是一个弱者，家庭是一个旧家庭。她有很美丽的理想，但这不过是种想法而已，她没有把这理想做成事实的勇气。她觉得是理想或者比事实还美丽、还有味儿。

余朝晖看了，想不出她有一个什么理想，这理想为什么又会和她的家庭有关系。看了两遍，看不出她的意思是什么。他也曾经往那里去想，想到她或者是为了求爱，可是又不知她的对象是谁。以她迟迟不肯交，与专寄给自己这一件事推测，似乎自己应该给她一个使理想变为事实的机会。可是自己又不能往这里想，如果她不是这个意思，自己往那里想，那就有罪了。但她若是真有这个意思，自己不往那里想，也辜负她的一片热情，而自己也未免太情塞不开了。想来想去，不知怎么好了。可惜她的文章太含糊一点儿，其实何妨再露骨一点儿呢？

余朝晖尽顾了给自己想了，他不想想方碧容的环境困难与否。他又拿起稿子来读，见稿子最末有一行小字，他仔细看时，写着：稿子看完，不必给我寄来，过两天我也许会取去的。

余朝晖心里道："这又是什么意思？这两篇稿子也怕家里人看见吗？这也未免太小心了吧？"既然她要来取，那么就等着她来吧。

他用心给改了改，字句是没什么可改的，意思因为还不明白，所以也不好改。想写点批评，也写不出什么话来，写感想，更没的可写。不是没有感想，而是感想太多，不知怎样写好。写对了固然很好，若是写不对，那就丢人了。

他又看了几遍，把两篇稿子放下，过了一会儿又看。他想在里边找出一点儿什么来，他就像侦探找着一张字据，想从里面寻出一点线索。但他越看越渺茫，她干吗写得这么隐晦呢？

第二天，他又看，一个字一个字地看，果然又看出一点可疑的痕迹来。可是这可疑的痕迹似与自己无干，似乎她另有对象，可是这对象又不太如意。想了半天，越想越乱，干脆别费这脑力了，等她来了再说吧。

他一直等了好几天，也没见她来。想给她寄去，她来信又不叫寄。怎么办呢？后来他想起一个法子来，就是先给她封信，叫她来取。

先生给学生写信，叫她来取稿子，这事没有什么条款吧？他拿起笔来，给她写信道："碧容：你的信和稿子都接到了，稿子已经看完，全都不错，辞藻华丽极了，不过意思稍嫌晦涩。写了几句观后感，平常至极。你哪天取来呢？近来又读了些什么书？做了几篇文章？"底下没的可写了，遂署了自己的名字，封好寄去。

过了两天，他想她抑或不取，也必定来信。谁知又等了几天，不但人没有来，信也没有。他十分奇怪，是她没有接到自己的信呢，还是自己的信写错了呢？里边的词句，并没有什么不合礼貌的呀。或者是她嗔着我给她写信了？或者是她根本不喜欢我，怕我追求她？可是她为什么又寄稿子叫我改呢？哦，也许她不是叫我改，而是暗示给我，不叫我追求。

他想到这里，又有点气恼，想自己并没有向她表示过什么，她怎会怀疑自己追求她呢？她神经过敏吗？可是她为什么又对自己亲近呢？总之这是个谜，而女人之难断可知了。唉，这个问题也就无须研究它了，爱怎么着就怎么着。下棋还不用脑子，为一个女人就这样用脑子，太不值得了。

他把稿子收了起来，多咱她来了再找，也正好表示自己并没有把她的事放在心上。不过方碧容的影子，总是徘徊在脑际不去。他还没有恋爱，就感觉滋味不大好受，若是真正恋上，那一定更不好受了。可是人生又不能无恋爱吧？人生必经过结婚，结婚必经过恋爱。假如恋爱真同吃药一样苦，那多受罪呢？恋爱就如同包着糖衣的梅苏丸，初尝是甜的，再尝则微有些酸，剩到核心时，便是苦的了。

余朝晖因了方碧容不理他，他十分不高兴，甚至从此不愿再见她了。

这时，有朋友约他到汉口做事。他一想当这种教员真是无聊，一辈子也混不出什么来，要名没名，要利更没利，不但把前途完全放弃了，就是想追求一点知识，也都没有这工夫了。于是他决心到汉口做官。虽然做官不是为发财，但待遇比教员高，生活也舒适，事情不太累，有闲工夫还可以读读书，作作诗。

他一做了事，便把方碧容的事忘掉了。不过月白风清之时，花前月下，几净窗明，都能引起他对方碧容的怀念。每当他想起方碧容时，他自己也笑自己太痴、太没出息。一个女人，何值得自己念念不忘呢？几次的自己开导自己，方碧容的事，算是丢下了。再想起她来，也就如同想起一个普通的朋友，一闪即逝。

偶尔他感到人生真是如同下棋一个样，有时平平常常，有时就钩心斗角，紧张十分；有时互相打劫，拼死争活；有时困窘万状，百思不解；有时步步先着，得意非常。

余朝晖看透了人生，同时又见到官场的黑暗，自己多么清白，也是白搭，于是他又灰了仕途。一晃儿去了七八年，一点成绩没有，仍是独身一个人，太太也没娶上。倒是有很多人给他说，他觉得夫妻是终身伴侣，若不认识清楚，那苦恼非常的，若是先交朋友恋爱，他又得吃恋爱的苦，他有些怕。所以交了许多朋友，都没往深里走，只维持平淡的友谊而已。

这天，他又回到北京，编辑一个报纸的副刊。多年的老友都因为生活的压迫五零四散，他都不知道他们的住处，也无由通信拜访。他只每天做他的工作，先是放下教鞭去拿文明杖，现在又放下文明杖而拿起笔杆来，就如同那一盘棋子下完了，现在又要重新摆。那盘棋下得不好，几乎全军覆没了，损失很大，这回下手便略加慎重了。

这天，他忽然接到一个署名红叶的寄来篇稿子，是一首诗，辞藻非常美丽，他急忙给发表了。以后又连着接到几篇，都是很好的作品。他觉得这个作家是不可限量的，他想知道这署名红叶的究竟住在哪里，给他通个信，联络一下。可是稿子上面并不附着姓名住址，无法知道红叶究竟是谁。他便在报上登个代邮：红叶君：大作甚佳，即希源源赐下。尊姓名住址亦请示知为荷。

这个代邮登出去之后，并无回书，他很纳闷。看稿子的内容与字迹，像是个女人。也许这个女人还有些奇怪，不肯露出真姓名来，也未可知。

过了两天，又接到她的信，因为他看笔迹看得熟了，以为她是报告她的姓名住址的，非常欢喜。急忙打开看时，里面只是一篇稿子，仍然没有信，而且也没有附着姓名住址。余朝晖一想，也许这个人长得丑，怕编者看见不再登她的稿子。其实自己发稿，完全以稿的内容而定，绝不看人的相貌如何的。她既不肯写出姓名住址，也就算了。

到了月底，发稿费通知单时他想红叶还不来具领吗？谁知她竟牺牲稿费不要了。他也就无法，把这事揭过去。以后，时常接到她的稿子，每篇都是那么动人。有些作家和读者都来信问署名红叶的究竟是谁，余朝晖一一回信说："连编者也愿意知道呢。"

如此过了好多时候，也不知红叶到底是谁，以后，又沉寂了。红叶的稿子不再寄来，几乎快有一年的样子。余朝晖想：也许红叶出外了，也许她死了。虽然不希望她死，但看她的作品来，充满着悲哀凄楚的情绪，是容易自杀的。

余朝晖每想起来，虽然并没见过面，不知其姓名，但因为爱她作品，所以不时地怀念其人。他感到自己也是感情人物了，偶尔翻阅旧报，看到红叶的作品，那种旖旎秀丽，脑子里便显出一个美丽的女人来。可惜这只是理想，真的本人是否如理想这样，就不可知了。

这天忽然接到一篇稿子，他认识是红叶的笔迹。可是他一看署名，却不是红叶，而是"晓寒"。他想：这一定是红叶在闹玄虚，或是为了不得已的缘故，而改署名。

他一看稿子的内容，是一篇短篇小说，用意和用句，却都不像红叶的作品。他奇怪起来，明明是红叶的笔迹，虽然红叶的作品已隔了一年没见，但是她的笔迹却看得熟了，不会忘记的。后来，他又想，既然她不肯露真姓名，也就不必研究了，反正来稿已登完了。

这篇稿子登出去之后，果然又寄来一篇，仍是小说。他想红叶是喜欢作诗，这次尽是小说，大概是改了作风。他看这篇稿子后边，附着通信，仍没有姓名，但有了通信处那就好多了，他便按照通信处的地址，写了一封信。

在他写信的时候，很费了一番斟酌。先想直接就写红叶，后来一想不好，万一她不是红叶，即或是红叶而她不承认呢？于是他写道："晓寒先生：大作拜读，十分铭佩，尚望将尊姓名示下，以便异日叩谒。以前署名红叶者，不知是否为阁下。"

简简单单地写去了，居然得到回信。回信说："编者先生：承您过奖，愧不敢当，以后尚希多多指教！晓寒姓杨，红叶并非鄙人，特此奉告。"

余朝晖一看，简直打入闷葫芦中了。他看这位的笔迹，果然不是红叶的笔迹，可是他的稿子却是红叶的笔迹，这是怎么一回事呢？是她故意闪烁躲避？还是真的是两个人？既是两个人，为什么稿子的笔迹却是一样的？

他好奇心起，非想探个究竟不可，遂又写了一封信道："晓寒先生：接到大札，知道您和红叶不是一位，但是您的稿子，与红叶的笔迹酷似，这是什么缘故呢？我想即或您不是红叶，也必与红叶有关系，请您不惮烦地告诉我，红叶究竟是谁？我对于他的作品太钦佩了，所以才这样冒昧地问。"

这封信得到回音，他的疑惑解释了。信是这样说的："编者先生：我真佩服您的眼力和您的聪明，稿子的确是红叶抄写的，因为她是我的同学，她到这儿来，看见我在做稿子，所以她帮助我抄写，不过红叶究竟是谁，恕我不能告诉您，因为我还没有得到她的同意，再见吧。"合着红叶是谁还不知道。

他想：为什么红叶这样讳莫如深地不肯露真姓名呢？既然能给人家抄稿子，为什么自己总不寄稿子来呢？于是他又给杨晓寒写信，问红叶为什么不写稿子。他说："因为我们渴望她的大作颁来，所以竟这样麻烦您了。"

信又回来了，说："红叶因为不得已的情形，不愿意把姓名告诉您。稿子她说因为懒，不愿意写。不过我一再催促她，说编辑先生非常着急呢。她已经答应写了，大概过几天您便可以接到她的作品了。"

余朝晖一见，十分喜悦，遂给杨晓寒写了一封信道谢，并约她见面一谈，希望交个朋友。他以为杨晓寒一定来回信的，谁知等了几天，回信并没有来。他很奇怪，怎么这个杨晓寒和那个红叶一个毛病，闪闪躲躲的？大概这个杨晓寒就是红叶，她故意这么弄玄虚。可是弄这玄虚有什么用呢？她干吗要弄这玄虚呢？想了半天，不得其解。

这天他骑了自行车，故意绕个弯子，来到杨晓寒门口。一个路西的门，门开着，他望见了二门，他希望杨晓寒这时从里面走出来。可是里边并没有出来一个人，自己老站在人家门口也不像话。他一想：何不叫开门找杨晓寒，作为拜访，也没有什么呀。他刚要叫门，跟着又一想，不好，她既然闪闪躲躲，就是不肯见我，何必硬碰钉子？算了吧，将来有缘再说吧。

他怅然又望了望门，骑车走了。一边走着一边想，已经到了她家门口，和她只有一墙之隔，没有这墙，便可以见了面。但是虽然相距咫尺，却和天涯也差不多。杨晓寒在里边也想不到墙外会有个余朝晖在门外要看她。

余朝晖回到报馆，听差跟他说：方才有位杨女士打电话来。余朝晖一听，这个巧劲儿，自己找她这个工夫，她却来了电话，若是她早来一会儿电话，自己也可以不必跑这一趟；若是晚来一会儿电话，自己也可以告诉她在她门外经过的事。这是多么有意思，偏偏正在找她的时候，她来了电话。

他问听差，杨女士说了什么没有。听差告诉他，杨女士什么也没有说。余朝晖只好再等机会吧。

第二天，杨晓寒又来电话，余朝晖不胜欢喜，他道："昨天您来

143

电话，我没有在这儿。"他刚要说在她门前看望，又一想，这话说得太丢身份了，所以他又止住。

杨晓寒道："您的信我接到了。因为这两天太忙，所以没有回复您，实在对不住。"

余朝晖知道她这是假话，既没有寄信的工夫，会有打电话的工夫吗？遂客气了几句。

杨晓寒道："您不是想知道红叶是谁吗？"

余朝晖道："是呀是呀，红叶到底是谁呢？"

杨晓寒道："她不叫我告诉您，可是我觉得告诉您也没有什么关系，不过我有个请求。"

余朝晖道："您说吧，我都会答应。"

杨晓寒道："最好您别给她写信。"

余朝晖道："她很不自由吗？"

杨晓寒道："不，她很自由。"

余朝晖道："那么您为什么不叫我给她写信呢？"

杨晓寒道："您给她写信，她就知道是我告诉您的，那她就生我的气了，我对她算失了信用。"

余朝晖道："好好，我一定不给她写信。"他是这样说，其实不写信又打听干什么？

杨晓寒道："我可以告诉您她的住址，至于真的姓名，还是您自己去打听吧。"

余朝晖道："好吧，您告诉我，她在哪儿？"

杨晓寒道："她住在茶叶胡同。"

余朝晖道："姓什么？"

杨晓寒道："您不是说不问她姓名了吗？"

余朝晖道："谢谢您，您不过告诉她的姓就可以了，光说个地名有什么用呢？我怎么打听呢？"

杨晓寒道："那您可不准给她写信哪。"

余朝晖道："我一定不写信。"

杨晓寒道："她住在茶叶胡同。"

余朝晖道："是呀，我记住了。"

杨晓寒道："她姓——孙。"

余朝晖道："名字呢？"

杨晓寒道："哟，您真是得寸进尺，我不说了，再见吧。"

余朝晖忙道："喂喂，我不问，杨小姐，我问您一句别的。"

杨晓寒道："问什么呢？"

余朝晖道："她既然很自由，但为什么这样讳莫如深，不肯把真姓名相告呢？"

杨晓寒道："这个呀，我也不大清楚，可是您将来也许会明白。"

余朝晖道："你同她是什么关系呢？"

杨晓寒道："我们是同学。"

余朝晖道："我先还以为您就是红叶呢，现在您还同这位孙红叶孙小姐常见吗？"

杨晓寒道："是的，我们天天在一起。"

余朝晖道："您现在在哪儿？"

杨晓寒道："我现在学校呢。"

余朝晖道："我们能不能见一面谈一谈？"

杨晓寒道："不，我的责任到这儿已算尽了，过两天我就要上天津的，反正您已经知道红叶是谁就得了。"

余朝晖道："但是我们谈一谈也没有什么的。"

杨晓寒道："我就是工夫太短了，将来再见吧。"于是把耳机挂上。

余朝晖想到杨晓寒的话，实堪耐味。她说她的责任尽了，好像她专是为报告红叶的姓氏住址而来的。看这样子，她寄稿来，都是为红叶而来。若是自己神经过敏的话，还许是红叶使出她来的。可是这个孙红叶干吗这样绕弯子呢？真是百思不得其解。渐渐他又把这件事淡忘了。

这天，他忽然又接到孙红叶的一篇稿子，十分欢喜，稿子后边还附着她的通信处，尤其欢喜之至。不过他一看这通信处，并不是杨晓寒告诉的那个茶叶胡同，而是前车胡同。他很奇怪，杨晓寒是说谎吗？不会呀，那为什么她们两个人所告诉的不一样呢？是孙红叶故意作假吗？也不至于。也许是这两天孙红叶搬的家，也未可知。不过她稿后并未声明她姓孙，图章也是红叶两个字，他一看，又陷入葫芦。

为明了真相，他按照地址去了一封信，也没敢写姓孙，信里只是称赞她的稿子写得如何好，希望她源源寄来。然后又提到杨晓寒的事，说先接到杨小姐的稿子，如何像她的笔迹，后来杨晓寒来电话说她姓孙，住茶叶胡同，而大作后边却是前车胡同，不知到底是怎么一回事。

信寄去之后，这回来了回信，上面写得很简单，她说茶叶胡同不是自己的家，而是别人的家，最好不要往那里寄信。但是前车胡同虽然是自己的家，但最好在这一个礼拜之内来信，过这一个礼拜，便接不到了。

余朝晖一看，简直莫名其妙，不知她弄的是什么名堂。她的信里，还附着一首诗，那诗里有一句是：如果你是诗人但丁，我便以

146

比阿特丽斯自名。

余朝晖一看，不觉怦然心动起来，心想："她这是向着我写的吗?"他看完了诗，发了出去。他自己也写了一首诗，题目就叫作"咏红叶"，说红叶的美，红叶的诗意，他说他非常爱红叶的。

这诗登了出来，不知有何反响，请看下章。

第二章　棋错一步满盘输

余朝晖读了孙红叶的诗，以为她对自己有意，于是做了一篇红叶的诗，暗示好求之意。这诗登出不久，便接到孙红叶的来信，余朝晖十分欢喜，不管她的反响如何，只要她肯来信，这首诗便发生了效力。

他打开她的信一看，见里面没有信，仍然是稿子。这篇稿子仍是一首诗，题目是"寄"，余朝晖一想：这倒不错，不寄信尽作诗了。他一看这首诗，最后有两句话，正是表明她的态度的句子。诗说：今生未种相思草，来世应为连理枝。

余朝晖一看，说不出是一种什么滋味，这简直是空头支票。今生算完了，来世谁还等得了？这不是白说一个样吗？想她一定是拒绝之后，又不得不给一个甜头，所以只有说来世再为连理枝吧。既然来世为连理枝，今生你又何必这么叽叽咕咕呢？

余朝晖的念头并没有完全死掉，因为孙红叶的诗也并没有完全拒绝的意思。不管今生来生，只要她肯说出连理枝的话，总算有可能性。不过他又想这可能性到底今生无望了，自己能不能见着她，颇是一个疑问。

自己一想，别再理她了，这滋味是不好受的，何必还自找苦吃？

148

没希望倒也不错，以前曾有这么一回，糊里糊涂地完了，现在又遇到这一个，仍是糊里糊涂地完了，自己没有这个命就算了，他也不再作这个想了。

这天，他有事到天津去，长长的旅途，坐在火车里不免寂寞，可巧遇见一个老同学，这个老同学和余朝晖在学校时最为莫逆，无话不说。因为余朝晖出外几年，老不通音信，所以彼此的情况都不知道了，不过两个人见了面，仍然是当年那么亲热。

这个同学叫邱文成，非常随和而且好诙谐。

余朝晖道："老邱，咱们可多年没见了，你还是那样，不过稍见老些。"

邱文成道："谁说不是，连年光为了孩子奔波，真是为儿孙做马牛，一点不错。"

余朝晖道："你都有孩子了？"

邱文成道："好，儿女都成行了。这一天尽忙活他们。"

余朝晖道："你到天津去吗？干吗去？"

邱文成道："我到天津教书去，我得礼拜六回北京，礼拜一回天津。"

余朝晖道："你还干这个行儿呢？"

邱文成道："你说咱们学教育的，不干这行干什么呢？你这行儿倒不错，比我们自由得多，我们虽然多年不见面，可是你的作品我都时常见到。你还是那个作风。"

余朝晖道："唉，什么行儿我都干得没劲了。"

邱文成道："你的太太呢？"

余朝晖道："太太？连个情人都没有。"

邱文成道："你还没结婚吗？"

余朝晖道："没有呢，因为老恋爱不成功。朋友倒是不少，就是不敢恋爱，不敢追求，我真的吃苦了。"

邱文成道："你过于小心了，不吃苦中苦，何能为人上人呢？哈哈。最近听说您的爱人很多。"

余朝晖道："都是谣言，大概都是从作品里推测出来的，其实作品是作品，文章所写的，未必有那个事实。"

邱文成道："可是你的作品里，我篇篇都注意，你骗不了老朋友。你那篇红叶，就针对那个署名红叶的而发，对不对？那个署名红叶的作品写得不错，人怎么样？看那种万般旖旎动人的词句，那性格和容貌一定是上等。"

余朝晖道："我也是这样想，可是我还没见着呢。"

邱文成道："你还没见着？不像。"

余朝晖道："真的没见着。"

邱文成道："没见着她会写出那样词句来？"

余朝晖道："说的是呢。"

邱文成道："她是哪个学校的?"

余朝晖道："不知道哪。"

邱文成道："你又来冤我，告诉我也没有关系。"

余朝晖道："我真不知道呀。"

邱文成道："那你也不问?"

余朝晖道："唉，你还说呢，她简直闪闪躲躲，始终就不曾露真姓名，后来还是她的一个同学告诉我一点儿，我才知道。可是很奇怪，她的同学告诉我的，她又说不是她的家。你说，这是怎么一回事呢?"

邱文成道："她同学怎么告诉你的?"

余朝晖道："她同学告诉我说，红叶姓孙，住在茶叶胡同。"

邱文成一怔道："茶叶胡同姓孙？"

余朝晖道："可不是，这有什么线索吗？"

邱文成道："门牌多少号？"

余朝晖道："她并没说门牌多少号。"

邱文成道："有意思呀，我们知道茶叶胡同有一个姓孙的，你也应知道。"

余朝晖道："这更奇怪，我怎么应知道呢？"

邱文成道："孙雁行就住在茶叶胡同呀。"

余朝晖说："是吗？他跟我开这个玩笑？"

邱文成道："也不一定，他有个妹妹，挺聪明的。"

余朝晖道："唉，怨不得他这么藏藏躲躲的。其实也没有关系，说明白了，倒省得误会，这样多不合适呀。"

邱文成道："没什么不合适，你是不知道她的，她是知道你的呀。"

余朝晖道："今天要不是遇见你，我还不知道孙雁行还有一个妹妹，这一说，他的妹妹的学问不坏呀，比老孙强得多，老孙还是那样吗？"

邱文成道："还是那样。"

余朝晖道："快十年没见他了，我始终不知道他在哪儿住，过几天有工夫得聚会聚会。他也不来找我，其实你们都知道我的消息，怎么没一个来找我来呢？"

邱文成道："一来是忙，二来是怕你忙。唉，同学现在也疏远得多了，不像从前那样亲热。离开学校日久，世故越深，又搭着生活的压迫，谁也没有多少闲工夫访问同学的，因为一天累到晚，好容易有个闲空，都想歇一歇，谁也不想出去访友。即或想出去找找同学，而多半又都找不着，白跑了好些路，还没见着，所以大家索性不出门了，因此同学便都疏远。不过还好的是同学见了面，总还是当年的亲热。"

余朝晖道："哪天咱们几个同学得聚会聚会。"

邱文成道："对，得有孙雁行，因为好接近他的妹妹呀。"

余朝晖道："你这家伙，还是好诙谐。"

邱文成道："说真格的，你如果愿意的话，我可以帮忙。"

余朝晖道："你帮什么忙呢？怎么帮忙呢？"

邱文成道："可以同孙雁行去说呀。"

余朝晖道："那不好，你先别说呢，慢慢再说吧。"

邱文成道："对了，你们可以先认识，谈得合适再说。"

余朝晖道："我看根本推倒吧。"

邱文成道："你怎么三心二意的？"

余朝晖道："不是我三心二意的，我现在非常害怕。况且人家已经说，今生未种相思草，这不是表示拒绝了吗？"

邱文成道："这也不见得。过几天我到老孙家里去一趟，打听打听他妹妹有了对象没有。"

余朝晖道："千万可别说是我说的。"

邱文成道："我知道。"

他们谈着话，到了天津，两个人便分手了。余朝晖办自己的事，办完事后又回到北京。他想着邱文成的话，觉得十分有味，闹来闹去，原来是孙雁行的妹妹。孙雁行那个人是感情过剩的人，他的妹妹自然也富于感情了。但不知是否漂亮，忘了问邱文成了。可是那时又究竟不好意思的。

这天，余朝晖正在写稿，忽然邱文成走了来，余朝晖道："咦，你哪天回来的？"

邱文成道："昨天，怎么样忙不忙？"

余朝晖道："不忙。"

邱文成道："这时候没事吗？"

余朝晖道："没事。"

邱文成道："走啊……"

余朝晖道："上哪儿去？"

邱文成道："找孙雁行去。"

余朝晖无可无不可，他道："忙什么，坐一会儿再去。"

邱文成道："去晚了，老孙就出去了，他时常不在家。"

余朝晖道："他上哪里去呢？"

邱文成道："他时常到棋社去摆棋。"

余朝晖道："嚆，他的棋瘾还这么大。这十年来，他的棋法一定更高了。"

邱文成道："你的棋怎么样了？"

余朝晖道："我这十年就没有动，走，找他去，看看他的棋进步到几段了。"说着，两个人便骑了车，一直到茶叶胡同找孙雁行去了。

一到那里，孙雁行刚要出门，他道："嘿，真巧，我刚要出门，再晚三分钟就失迎了，请里边坐。"

把他们先让到客厅，孙雁行道："嚆，这可多年没见了，我实在想你得很。老余可变了，比以前老多了。"

余朝晖道："我这是连年在外边跑的。你还好，没有变样儿。"

邱文成道："太太呢？"

153

孙雁行道："没在家，住娘家去了，所以我再一出门，你们就碰钉子了，不然我太太在家，也不致不留你们的。"说着，便叫老妈倒茶，又说道："你们二位怎么会跑到一块儿？朝晖兄怎想起到舍下来？真是光荣极了。"

邱文成道："上个礼拜我上天津，在火车站碰见他，提到同学全都零散，想法聚会聚会。昨天我由天津回来，今天找到他，便约他到你这里来了。本来他要我多坐一会儿，我说你大概要出去下棋去，所以我们马上来了，差一点就白跑一趟。"

孙雁行道："好极了，我的弟弟妹妹们都想着看余朝晖是什么样儿。他们时常问我，我说现在想请请不动了，不想你却不速而来，真好极了。回头叫他们跟你谈谈，你把你的经过和他们谈谈，他们都喜欢听。"

余朝晖道："我的经过平平淡淡，没什么可说的，听说你的棋很好了？"他扯的，不愿意叫人家知道他是为孙雁行的妹妹来的。

孙雁行道："怎么样？你还要杀两盘？"

余朝晖道："杀两盘。我一听杀两盘这句话，就如同十年前一个样。"

邱文成道："没劲，见面就杀，咱们谈谈好不好？你们两个人一杀，我一个人多无聊呀。"

孙雁行道："杀一盘，你在旁边帮着，里边有瓜子，你嗑着。"说罢，便摆了棋盘，和余朝晖摆起棋来。

余朝晖道："你得让我两个子。"

孙雁行道："先平摆着，摆完再说。"

邱文成在旁边嗑着瓜子，看他们摆棋。

余朝晖一见，孙雁行的棋果然高些，可是还不太高，自己跟他

154

下着，并不十分吃力。若是按他这十年努力的功夫，不应该只进步这么一点。

孙雁行先同余朝晖下，心里很大意，以为随便就能赢他很多。谁知一步走错，再也挽救不过来，越图挽回颓势，越是输得狠，几乎满盘都要输了。孙雁行的脸也红了，脖子也粗了。

余朝晖觉得不好意思，遂道："棋走一步错，你太大意了，这步棋你再重新看看。"说着，又退回几步来。

孙雁行道："根本我就没有注意。"

余朝晖道："我说的就是你太大意了，你的棋高多了，你要是用心摆，我真摆不过你。"

孙雁行这时心里还高兴点儿，棋摆完了一数，余朝晖输了十几着，他们收起来。孙雁行道："舍弟他们还不知道是你来了，要不然早就跑了来，我去叫他们去。"说着，他便跑到里院，对他弟弟妹妹一说。

他们一听余朝晖来了，赶忙跑了出来。跑到客厅门外，却不进去，扒在窗外往里看。

孙雁行道："你们进去怕什么的？"说着，把他们推了进来。

孙雁行道："我给你们见见，这就是余朝晖，我时常同你们说起的同学。"

大家便行礼，余朝晖连忙还礼。孙雁行道："这都是我的弟弟妹妹，这是我大妹，这是二妹，这是三弟，这是四弟。"——见过，各找座位坐下。

余朝晖一看，孙雁行的大妹与二妹年纪差不多，看那样子一个有二十二，一个有二十，长得也差不多，他不知道哪一个是孙红叶。他简直不好意思说什么，他真怕她们提出作诗的事，多么难为情呢。

155

幸而她们没有说什么，只随便问了问别的，关于时局的消息和将来演变。

大家谈了一会儿，余朝晖看时光不早，便站起来道："我该走啦，哪天咱们同学得聚会聚会。"

孙雁行道："最好是聚回餐，这回最好老余召集，你那里有电话，通信也方便。"

余朝晖答应着，邱文成道："咱们一同出发，我也走。"

他同余朝晖走出来，在道上，邱文成问道："怎么样？"

余朝晖道："我不知道哪个是红叶呀。"

邱文成道："没问题，一定是那个大的了，她们对你如何的景仰啊！"

余朝晖道："景仰有什么用呢？我对于这个问题，实在不敢往下想，固然，我现在是需要异性的安慰，可是我老怕安慰没有苦多。"

邱文成道："不会的，你看雁行的大妹多么温柔呀，一定能够给你许多安慰的。"

余朝晖道："温柔固然温柔，但我总觉精神上不甚热烈地爱她，你说是怎么一回事？"

邱文成道："因为你们不熟识的缘故，如果相处久了，自会发生感情。"

余朝晖道："这种固然不错，但一见倾心的却也不少，我对她还不到一见倾心的程度。"

邱文成道："这有个原因，因为你登她的稿子，过于温柔体贴，所以你便有个超过她本人的理想。理想过高，所以乍一见她，便觉不合自己的理想。就拿你来说，看了你的作品，人人都以为你是一个潇洒放荡的名士，谁知一见了你，却是个非常拘谨的人。你对于

156

孙红叶，大概是你理想到另一方面去了，要不然是你另外还有爱人。"

余朝晖道："我并没有爱人。你说的前一个原因，很有些道理，我想是不错的。假如我不看她的作品，不先理想出我如何得到她的安慰，我这时见了她，一定很热烈地爱她了。在读她的作品读熟了的时候，便觉得她是一个熟人似的，而实际是谁也不认识谁，所以感到生疏了。你说得一点不错。"

邱文成道："明天我见了老孙，跟他提提。"

余朝晖道："不要提。"

邱文成道："为什么？难道你还犹豫，还有所期待吗？"

余朝晖道："倒是有个期待，不过我自己知道算完全绝望了，我期待了十年，一点消息也没有。"

邱文成道："你太傻了，十年没消息，还期待什么？干脆，就是老孙的大妹最好。"

余朝晖道："我不叫你提，并不是有什么期待，我现在也不期待了。不过我还为这样说媒提婚，究竟不大自然。"

邱文成道："这还不自然，还要怎么自然呀？难道非是她找到你的床边才叫自然吗？你一点不表示，这就缺乏自然的。再者由我去说，也不损你的尊严，况且他们正都愿意，我这一说，他们乐得接受。"

余朝晖不言语了，邱文成道："你再不结婚，还等到哪一年去呀？"

余朝晖道："我想最好还是别谈到婚姻，即或谈到婚姻问题，我们也不能马上就办，最好是文明些，但不妨往结婚的路上走，你觉得怎么样？"

邱文成道："这个意见当然可以接受，不过我还贡献你一点意见，就是早一点儿结婚，也是你的便宜。你想，像她那样能写能做，到时候给你抄抄稿子，做你的秘书，都是富富有余的。"

　　余朝晖一听，想到红叶的诗写得那么好，连自己都不如她，当自己的太太，的确是一把好手，他道："看吧，可能早结婚，自然是早结婚好得多。"

　　他们说着，到了十字路口，两个人便分别了，余朝晖要请他吃饭。

　　邱文成道："这时不吃你，将来等你们结婚后，你的太太亲手给我做一碗冬瓜汤，我才吃呢。"说着，一笑别去。

　　第二天，邱文成在学校里见到孙雁行，谈到余朝晖，孙雁行问他道："老余怎么还不结婚？"

　　邱文成道："大概是老没有合适的。我有一个主意，我想大妹既然还没有对象，你说介绍给老余怎么样？"

　　孙雁行道："成吗？怕老余眼高，不肯答应吧？"

　　邱文成道："大妹对他的印象怎么样？"

　　孙雁行道："她们早就很钦佩他的，昨天见了他，看他是一个拘谨的男子，她们越发钦佩他了。但不知老余如何？"

　　邱文成道："我看这样，老余这方面，我可以作担保。大妹这方面，你能不能担保没问题。"

　　孙雁行道："我当然可以担保没问题。"

　　邱文成道："如果这样，那么我们双方进行，今天你回去向大妹征求意见。"

　　孙雁行道："好，她那方面没问题，同她一说就得，无所谓意见。"

邱文成道："你太太不等她回来商量一下了?"

孙雁行道："她呀?她还管得着这个吗?没她什么事。"

他们说得很圆满,然后决定明天双方听回话。

到晚间孙雁行回去便把邱文成的意思向他大妹一说,他大妹还没表示出来,他的弟弟妹妹们全鼓起掌来笑道："好极了好极了,我们愿意有这么一个大姐夫。"

大家笑着,大妹便打她们道："别胡说。"她笑着躲到一边。

孙雁行还要问个坚固,便道："邱文成明天还等着听我的回话呢,我明天怎么答复他呀?"

大妹说："随便,你想怎么答复他怎么答复他,我不管。"

孙雁行道："你到底是什么意思呢?"

大妹道："我没有什么意思,随便你说吧。"

孙雁行道："我说了以后你又不承认呢?"

大妹道："我既然没有意见,自然就是没有赞成与反对的意思。"

孙雁行问明白她了,大家又都鼓掌欢笑。

邱文成并没有去找余朝晖,因为他已经和余朝晖说好了,算着明天听到孙雁行的回话之后,再去找余朝晖,再商谈进行第二步办法。

第二天,孙雁行同邱文成见了面,互问接洽情形,都说十分良好,于是他们便商议如何使他们两个人再直接谈一回。

邱文成道："我有个主张,现在不是天暖了吗?咱们做一次郊外旅行,颐和园比较好一点儿,全体参加,约上老余和大妹,他们便有机会互相谈谈衷曲了。"

孙雁行道："太远吧?"

邱文成道："远怕什么的,好在我们都有自行车。"

孙雁行道："其实在家里也能谈呀。"

邱文成道："这不是借机玩一玩吗？你要高兴的话，带着棋盘，在松树底下摆两盘棋，多有意思。"

孙雁行一听，便点头道："好，就这样办。"

邱文成知道一说下棋，他就喜欢，遂道："事不宜迟，后天是星期日，就是这天好不好？"

孙雁行道："得，就这么办，在哪儿见面？"

邱文成道："在我家里聚齐，顺脚。"

孙雁行道："什么时候？"

邱文成道："早一点儿好，八点出发，八点以前在我家里见，各人带着各人的干粮。"

孙雁行道："对，就这么办。"商量好了，邱文成在电话里通知了余朝晖。

到礼拜日，他们都骑车来到邱文成家里，各人带着旅行袋，里面装着食物。来齐了，便一同出发。

天气赶得很好，实在不容易。北京这一冬季没有一天不刮风，而春季又是刮风的季节，今天能够天朗气清，实在不易。他们高高兴兴地出了西直门，一边说笑着一边骑着车，非常快乐。孙大妹穿的是防空服，显得十分英俊。

到了颐和园，买票进去，一边游览着风景，一边谈笑。沿着湖边，来到排云殿，登高一望，立觉心旷神怡。在上面玩了一会儿，便下来，绕过石舫，转到后山，找了一块空地，大家拿出食物，围绕一个圈儿坐下，且说且吃，高兴非常。

吃饱了，孙雁行的弟弟等先跑到别处去玩，邱文成向孙雁行使个眼色，说道："老孙，我同你下一盘棋，咱们到那边找一块平整的石头，好放棋盘。"

孙雁行欣然答应，便和邱文成走开了，这里光剩下余朝晖和孙雁行的大妹两个人了。他们也知道大家是给他们一个谈话的机会。

余朝晖道："实在失礼，我到现在还不知道大妹的名字。"

她道："噢，我叫雁珍。"说时微微一笑。

余朝晖道："大妹现在什么学校？"

孙雁珍道："我在财商。"

余朝晖道："您真天才，文学也这么好。"

孙雁珍道："我的文学一点儿也不好，本来我倒是很喜欢文学，可是天才没有，所以才学财商。"

余朝晖道："您的天才很好呀，您作的诗都好极了。"

孙雁珍奇怪道："我没有作诗呀！我向来不作诗。"

余朝晖道："您始终老是这么藏藏躲躲，那署名红叶的诗，不是您作的吗？"

孙雁珍道："不是，我哪里作过诗，不但没有作诗，连个稿子也没有投过。"

余朝晖一听不对茬儿，便问道："那么署名红叶的是谁呀？"

孙雁珍道："我不知道。"

余朝晖想到这回一定是弄错了，茶叶胡同一定另外有个姓孙的，邱文成这家伙愣说是孙雁行家里，那红叶不是署名来信说茶叶胡同不是她的家吗？这一来完全错了。可是杨晓寒为什么告诉自己说红叶姓孙而且住在茶叶胡同呢？是开玩笑吗？是有意往别处扯？他一时想不出来。

孙雁珍见他沉默，觉得不好意思，便又问他道："余先生每天都是什么时候写稿子？"

161

余朝晖道："早晨。"他一边回答着话，一边想着种种问题，他又想到孙雁珍怎么办呢？她不是红叶，她是学财商的，跟自己的志趣大不相同。马虎下去当然不可，可是再推翻前意，究属不合适，这可真难了。他又试探着问孙雁珍的志趣，从其他方面推测她的性格。她说她主张女人到社会上来的，她不愿意在家庭里边，她愿意独创一番事业。

　　余朝晖一听，她的志趣虽然非常可佩，但是和自己所需要的完全不同。至于邱文成所说的"红袖添香夜伴读"的理想，那是不会有的了。他觉得邱文成太荒唐，而自己也过于马虎，没有打听清楚，便硬往一块儿拉，这可怎么好？他为了难，怎么也想不出一个主意来，恨不能马上天黑，他们回去。

　　孙雁行和邱文成下棋下得没完，邱文成是故意延耗时间。余朝晖道："大妹一定喜欢下棋，我们去看看去好不？"

　　孙雁珍道："我不喜欢那个，玩物丧志，没什么出息。我时常因了这个和我哥抬杠，他总是不听。"

　　余朝晖觉得孙雁珍的思想很高，不过就是和自己所需要的不同，不然娶这么一位太太，对于事业发展，一定有很大帮助。他们谈了一会儿，孙雁行的弟弟等全都跑来，邱文成叫余朝晖道："老余，你来吧，我杀不过他，你们来一盘儿。"余朝晖遂走了过去，同孙雁行下起棋来。

　　下了一盘，时光已经不早，余朝晖道："我们该回去了。"于是他们收拾棋盘，一同走下山来。出了前门，骑车回到城里。

　　邱文成道："咱们分道扬镳了。"

　　余朝晖道："明天我到你家去一趟吧？"

　　邱文成道："好，明天一定去，再见。"他们各回各家了。

第二天，邱文成找到余朝晖，余朝晖便埋怨邱文成太荒唐，邱文成不知缘故，余朝晖道："雁珍不是红叶。"

邱文成讶道："不是红叶？你怎么知道的？"

余朝晖道："我问她来着，她不承认。"

邱文成道："也许是她故意瞒着。"

余朝晖道："不，她的确不是红叶，不但不是红叶，她连作诗都不喜欢的。"

邱文成道："咦，那可奇怪了。"

余朝晖道："这并不奇怪，是你弄错了。"

邱文成道："怎么？"

斜明晖道："你倒先打听打听茶叶胡同是不是还有姓孙的呀？你就愣说红叶是孙雁行的妹妹。"

邱文成道："告诉你说，这还是怨你荒唐。"

余朝晖道："怎么倒怨我？"

邱文成道："茶叶胡同我早打听了。那天上老孙家里去的时候，我就挨着门儿看了。除了老孙一家姓孙的外，还有一家，是个煤铺子，一个人，没有妻家大小的。即或有的话，他的女儿还能作得那么好诗吗？"

余朝晖道："那怎么怨我呢？"

邱文成道："根本红叶就许不在茶叶胡同住，你随便听人家一说，就信以为真了。"

余朝晖道："可不是？她自己也来信说她不住在茶叶胡同的。"

邱文成道："你瞧是不是，这不是你荒唐的吗？"

余朝晖道："我也奇怪，她干吗这样不痛快地坦白说？"

邱文成道；"还是呀。依我看，将错就错，红叶还不一定怎么样，干脆不必理她了。孙雁珍也不错，挺美的，要娶这么一个太太，倒是真痛快得多了。"

余明晖道："为息事宁人，我也倒愿意这样做，可是我不会要她那样性格强硬的太太。你不是说过，给我抄抄稿子，红袖添香夜伴读吗？她不是那样的女性，她连她哥哥那样的性情都没有，她是个巾帼的英雄。跟你说，我很爱这样的女性，可是爱固然爱，但不能做我的太太。我需要的是极能体贴温柔的女性，我愿意和孙雁珍做一个永远的朋友，不愿意和她结婚。若是和她结婚，也耽误了她的天才，而不合适。我希望你能够把这个意思同孙雁行说了，甚至和雁珍说了吧，没有关系。我想雁珍那样女性，她一定不在乎这个的，也许她还觉得我没什么出息呢。"

邱文成道："这事闹的，真对不住人，幸而你们刚头一回谈话，若是日子长了，两个人的感情都引起来，可就麻烦多了。但是我想你自己去一趟也没关系，难道这事不成，就不再交朋友了吗？"

余朝晖道："你先去一趟，把这事说明白了。假如他们并不把这事看得多重，那么明天我再去也没有关系。我自己怎么能提这件事呢？"

邱文成道："好吧，我今天就去，这事不能耗着，明天我再来找你。你瞧，做媒人的做吹了还得跑路。"

余朝晖道："冬瓜汤没喝上，觉得没劲？"说着他走了。

第二天，邱文成又找到余朝晖，余朝晖问他去得怎样。邱文成道："没问题了，孙雁行表示不能因为这事失掉一个棋友，他把棋友看得比什么宝贝都重，跟他借什么书都可以，跟他借棋谱就不成。他本来赞成她妹妹的婚事，为的就是好下棋。他表示婚事不婚事没关系，能常做棋友就得。孙雁珍的态度也很坦然，她认为交朋友比结婚还强，交朋友能协助自己的事业，结婚足以妨害自己的事业。她希望只要余朝晖能够时常指导她、协力她，就很高兴了。即或谈到婚事，她也不愿意最近就结婚，也得事业成就再结婚。"

余朝晖一听，心才放下，便定规明天到孙雁行家里去。

邱文成道："何必明天去，今天就去不好吗？"

余朝晖道："今天我请你吃小馆儿吧，现在也到时候了，咱们走吧。"

邱文成道："事情没成，无功不受禄呀。"

余朝晖道："哎，没那些说的。走，喝两杯去吧。"说着，他们一同走出来。到大街上，找个小馆子，进到里面，靠一个角儿，两个人要了酒菜，一边喝着一边谈着。他们又谈到红叶问题。

邱文成道："这红叶也颇奇怪，干吗这样藏藏躲躲的？必有缘故。"

余朝晖道："还有奇怪的是，杨晓寒不告诉我别处，为什么单说茶叶胡同姓孙的？或者她是寄居姓孙的家里？姓孙的也只有孙雁行呀。"

邱文成道："我想起来了，红叶大概是孙雁行的太太，她会作诗的。"

余朝晖一想，这是可靠了。怨不得她说孙家是别人的家，车儿胡同一定是她的娘家，她不是回到娘家住去了吗？这一想，越想越对，他道："哎，这可不合适，哪有一死儿追求人家太太的？明天我不到老孙家里去了，见着孙太太也怪不合适的。"

邱文成道："那有什么不合适，以前不知道呀，不知者不怪呀。"

余朝晖道："那究属不合适，况且孙太太她这样做法，若是叫雁行知道，更要疑心我的。说我到她家去是为他太太去的，这多不

165

好呢?"

邱文成道:"也好,先沉些日子,将来再说。可是你用什么理由不去他家呢?"

余朝晖道:"就说我现在非常忙,不能到他家去,他若是摆棋,那就到棋社摆去不得了?"

邱文成道:"也只好如此。"

他们吃完了饭,由余朝晖付了钱,各自回家。

余朝晖想到孙雁行的太太也算奇怪,她为什么这样做呢?难道他们夫妇的感情不好吗?但是她既要另寻安慰,而又躲躲闪闪,这是什么缘故呢?可巧她偏又撞到自己手里,她大概不知道我和孙雁行是同学,不然她也不会和我通信的。以后怎么办呢?她或者再来信呢?哎呀不对,她一定知道我与孙雁行是同学,所以她才这么躲躲藏藏。孙雁行不是说他常同她们提到我吗?那她一定知道的。她既然知道,为什么还与我通信呢?女人都有虚荣心,她与我通信和想写稿子,不过是一种虚荣心的驱使罢了。这样一说,自己更得离她远些了。

余朝晖想到这里,他这个念头打消了。他想到自己的恋爱总是这么昙花一现,连一点边儿都没触到就吹了。这也许是命运哪。他从此不再给孙红叶写信,连报上的稿子,也避免有红叶字样。过了几天,这事又算过去,心里平静好多。

忽然这天他接到杨晓寒的信,那信上这样说:"朝晖先生:又许多天没有写信了,您的诗意的生活,大概把我们忘掉了。学校已经开学了,我同红叶天天在一起,功课很忙,所以她也老没有写稿子。明天是礼拜日,您能到学校来吗?还有人想见您呢。这个人,正是您所要见的人,我极力同她说,她才答应在学校等您一会儿。如果您有工夫，就请到这里来，如果过了两点钟，我们就离开图书馆回家去了。"

余朝晖接到这封信，又为了难，是去是不去呢？去吧，和孙红叶见面，将来叫孙雁行知道，非常不合适；不去呢，自己真想看看她，究竟是什么样。不但看见了她，而且还看见了杨晓寒。自己去，是杨晓寒约的，自己找的也是杨晓寒，那么去一趟也没关系。况且，他想到这里，忽然又有一种希望，就是这个红叶，并非是孙雁行的太太，希望绝不是他的太太。假如是他的太太，那么自己到她家去了几趟，她应当知道，她应当来信说明。就是杨晓寒这封信，也可以提一提，怎么她一个字都没提呢？大概是和孙雁行没有关系了。况且孙雁行的太太会作诗，他不能不同我提一声。唉，几乎又上了老邱的当，老邱这家伙想起一出是一出，要不然真以为是孙雁行的太太呢。

他这时候恨不能马上就到明天，见着红叶问她为什么这样闪闪躲躲。今天这一夜，可够他过的，哪就到了明天？

吃过晚饭，他老早就睡了，以为早睡就可以早到明天，其实半夜醒了，更睡不着了。他想着红叶不知长的是什么模样，但自己不能光以貌取人的，看看她那般才学，已经可佩；那种聪明，已经可爱，何必还要貌好呢？

杨晓寒一定也是一个活泼的女郎，也许红叶始终不愿意见自己，多亏杨晓寒再三逼迫她，所以她才答应见，甚至明天的相见，还许是杨晓寒一个人的计划，红叶也许不知道。她先把红叶约到学校，然后再约自己去找她，到时候相会在一处，也就无话可说了，不见也得见了。这样一想：杨晓寒也是一个可爱的女人呢。

他思前想后，快到天亮，方行睡去。第二天醒来，已快傍午。

起来漱洗，快些吃午饭，穿好衣服，便到学校去了。

到门房一找杨晓寒，门房说："今天是礼拜，没有课。"

余朝晖道："她今天到图书馆看书来，是她约我来的。"

门房道："那您等一等，我给您看看去。要不然您就跟我去吧，不是她约您来的吗？"

余朝晖道："是，我同你进去也好。"

他跟着门房的后边走，刚进了二门，就见迎面的大礼堂角上转过两个女人，门房道："好，杨先生出来了。"

余朝晖一听，才知道两个女人一定是杨晓寒和孙红叶了，因为隔得远，所以看不甚清。

门房见他们已经见面，他就转身出去了。余朝晖要把他叫回来，因为自己并不认识她们，怎么冒昧着说话？听差已经走远，只有自己前去行礼。

那两个女人见了他，也就站住了。他不知哪一个是杨小姐，走到临近一看，不觉怔了，原来这两个女人，他认识一个，这个人不是别人，正是十年之谜的方碧容。她漂亮仍如昔日，而且比从前还增加了风韵。这不用说，无疑的那个不认识的一定是杨晓寒了。

就听杨晓寒说："您是余先生吧？"

余朝晖连忙道："是的，您是杨小姐？"

杨晓寒道："是的，您二位认识吧？"

余朝晖道："认识。"方碧容低下头去了。

杨晓寒道："哟，你怎么不认识余先生了吗？"

余朝晖也觉得她态度奇怪，遂道："碧容，你不会不认识我了吧？"

杨晓寒道："这里说话不便，我们找个地方谈谈好吧。"

168

余朝晖道："到咖啡馆去吧。"

方碧容道："咖啡馆我不去。"

杨晓寒道："北海吧。"

余朝晖道："北海也好。"

方碧容道："北海我也不去。"

余朝晖道："那么上哪儿去呢？你选择一个地方。"

方碧容道："我觉景山好一点儿。"

余朝晖明白她的意思，她是怕遇见人，遂道："景山太凉了吧，这时候连茶座儿都没有。北海的双红榭屋里不也很清静吗？"

方碧容道："非景山我才去。"她是想，虽在屋里遇不到人，但是走进北海时，就难免遇见人了。

余朝晖是无可无不可，乃道："好吧，就是景山。"机会到来，就不能放松。

出门雇好车，一同来到景山，进了门，清静非常，这时正是春初，游人还少。他们一边走着一边谈，余朝晖道："我曾到过杨小姐的府上，在门前转了转就走了，我怕冒昧的。"

杨晓寒道："我现在也不住在那里了，那里本是我的一个朋友家，假期里在她那里暂住。余先生为什么不拍门呢？余先生还是不肯赐教啊。"

余朝晖道："幸而我没拍门，您那时候正出来给我打电话。"

杨晓寒道："哦，对了，我还忘记了呢。您那时还许想红叶就是我吧？"

余朝晖道："可不是，我还以为杨晓寒和红叶是一个人，谁知红叶却是熟人呢，那时算是闷坏了。"说着都笑了起来。

余朝晖又道："最可笑的是我一个同学，竟误会红叶是一个同学的妹妹，这是多么可笑呢。"

杨晓寒道："那可真有趣。余先生，这要是没有我，你还见不到红叶呢。"

余朝晖道："这是我十分感谢的。"

杨晓寒道："今天本来她不愿意见您，是我再三强迫她和您见面，要不然就得半年后才能见面呢。"

余朝晖讶道："是吗？这为什么呢？"

杨晓寒方要说，方碧容一拉她，又一笑，不言语了。余朝晖晓得这里有缘故，有什么缘故，他一时猜不透。

这时他们走到后边，遇到一个长椅，方碧容道："我们休息休息。"

余朝晖道："那么我们坐在这里谈会儿。"

他们坐了，方碧容坐在当中，因为杨晓寒和余朝晖先把边上各占了去。

这时余朝晖又问到为什么今天不见，就要隔半年。杨晓寒道；"您这么聪明，还看不出来吗？即或今天见了，恐怕再见也得半年后。"

余朝晖顺着杨晓寒眼光一看，因为现在方碧容是坐着，于是他看出方碧容的腹部微微隆起，他明白了，她不愿意见自己是为了这个缘故，而半年之后再见自己，那时她已生产下来了。

他忽又想起来，用惊奇眼光问道："你结婚了吗？"方碧容低下头去。

杨晓寒道："您还不知道她已经结婚？"

余朝晖道："我不知道的，同谁结的婚？"

杨晓寒道："我不是告诉您了吗？"

余朝晖道："没有告诉我。"

杨晓寒道："我不是同您说过，她住在茶叶胡同姓孙吗？"

余朝晖一听，猛然觉悟了，他几乎跳了起来，说道："哦，雁行，您是孙雁行的太太吗？"

杨晓寒道："您猜得一点不错。"

余朝晖这时说不出是一种什么情绪，怔了多时。方碧容低下头去，似乎要落泪了。

杨晓寒怕他们有什么话当着自己不便说，遂站起来，走到一边，她道："你们说着话，我要到山上走一趟就回来。"她一个人上山去了。

余朝晖这时不知说什么好，他吸了一口气，说道："我真没有想到你会和孙雁行结婚。"

方碧容道："这并不是我的意思。"

余朝晖道："是谁的意思呢？"

方碧容道："唉，不必提了，以前的事，我不愿意说。"

余朝晖道："但是我愿意听。"

方碧容道："听了徒然增加惆怅。"

余朝晖道："不听也不见得没有惆怅。"

方碧容道："唉，我好恨……"

余朝晖道："你恨什么？"

方碧容道："你那时候为什么忽然走了？"

余朝晖道："我那时不愿意再干穷教员的事，同时我给你写信，你始终也没有理我，所以我觉得在北京住下去，实在不得劲了，你那时为什么不理我呢？我觉得我的信，并没有什么不妥的地方啊！"

方碧容道："那时我心里乱极了，写不下信去，其实你再晚走一

171

个月……"

余朝晖道："你就在那个时候和孙雁行结的婚吗？"

方碧容道："没有结婚，才是订婚，是家里给订的，我本来不同意，可是偏偏你那时候走了。"

余朝晖道："那你为何不明说出来？"

方碧容道："你想，一个女孩子随便就能说出这话吗？"

余朝晖听了十分后悔，棋错一步全盘输，现在完了。即或强摆也是后手。他道："雁行怎么同你家里认识的？"

方碧容道："他托出一个媒人来，向我家去说。这个媒人和我家是亲戚，和他家也是亲戚。"

余朝晖道："那么你那时候没有在家吗？"

方碧容道："不要说这个了，我心里很乱，将来有工夫我也许写出一部小说来。我现在患着心脏病，虽然是很轻微，但我因为要生产的关系，我不愿意任何事情来刺激我，所以我不愿意见你的缘故，也就在此。"

余朝晖道："你能够有小孩，那你们的感情就一定不错。"

方碧容道："是的，以前确是不错，他待我也非常好，有什么功课不明白的真翻来覆去地给我讲。后来便不成了，他生就一个多疑的性格，他剥夺了我的一切自由，而且还无理地嫉妒与暴虐。他不准我一个人去看电影，如果他在电影院遇见我，在我的旁边如果坐的是女人，他还好些，若是我的身旁是一个男人，不管这个男人是不是和我相识，他就说是我的情人，我是来赴约会来的。这是多么气人呀，我有时气得两天不吃饭。"

余朝晖道："是啊，他确是有这种性格，他的气度过小，可是他到底还诚实啊。"

方碧容道："是的，我因为他对我这样，也是一种爱的表现，所以一切我都忍受着。谁知近来更坏了，我倒希望他有一种嫉妒的心，可是他对我冷淡了，问他功课，他不耐烦地说没工夫，他整天把他的精神放在棋盘上面，他简直是玩物丧志了。"

余朝晖听了，深为叹息，可是他也说不出什么来。他这时的情绪也颇为复杂，说不出是酸甜苦辣咸来。这时想把他十年相思述说一遍，可是又觉有点冒昧。而且她已经有了丈夫，又是自己的同学，怎好表示爱慕？

两个人谈了一会儿，余朝晖道："怎么办呢？"他的意思是说：就这样算了局了吗？方碧容也没主意，她也不言语，光是低着头思索。

余朝晖道："我们真的半年后才见吗？"

方碧容道："是的。"

余朝晖道："那我要到你家去呢？"

方碧容道："那我也不见你，我希望你最好别去。"

余朝晖道："为什么？"

方碧容道："你还不知道雁行的脾气吗？他非常多疑呢。"

余朝晖道："好，我听你的话，可是我们怎么见面呢？"

方碧容道："到半年后，我自有信给你。"

余朝晖道："何必半年后？"

方碧容道："你若是想到我的病，自然便能听我的话。你若是叫雁行对我坏起来，更加紧约束时，那么我们就根本没有见面的机会了。"

余朝晖道："见面又将如何呢？不是仍然你是你，我是我吗？"

方碧容道："我已经说过，你当然还记得，今生不可能，只有来

173

世吧。"

余朝晖道："什么叫来世？这全是一种阿 Q 式自慰的话。"

方碧容道："能有这点自慰也还不错。按理说，我们凭什么有这种自慰呢？"

余朝晖这时便想发挥自己的意见，后来一想，究竟是不对，谁叫自己走在后头，人家已经结婚，而自己再发什么议论，也是没有，徒然表示自私而已，他不言语了。

方碧容又怕他难过，遂道："我并不是讲什么三从四德的，但我也不愿做社会的叛徒，在我要做某一件事，我必要找出做这件事的理由来。固然，夫妻不该讲什么权利义务，但是一件事的构成，必是双方面的责任。我不愿意我一个人负什么责任，也不愿意单叫别人负什么责任。在夫妻的名义下，我不喜他所给我的那点安慰与痛苦，这也并不是报复，这是一种合理的处罚。我愿意在半年后见你，当他仍旧这样对待我的时候……"

余朝晖道："你说的似乎很有理，可是这只是顾到你个人，对你的对方而言，这并不见得合理，也不见得公平。"

方碧容道："怎么呢？"

余朝晖道："因为你并没有想到我这一方面呀。"

方碧容道："根本没关系，我认为。"

余朝晖道："可是我的感情是你引起来的。"

方碧容道："这个我不能承认，因为至少有你一半的自动。试问别人引诱你，你怎么不动呀？"

余朝晖道："但至少这一半的责任你要负起来。"

方碧容道："所以我半年后要再见你。"

余朝晖道："半年后再见，再见之后又怎么办呢？"

方碧容道："见面就得了，还要什么怎么办呢？"

余朝晖道："那就太无聊了，那就不如不见了。"

方碧容一听他说这话，心里很难过，难过的不是不见面，难过的是余朝晖太不明了自己的心了。根本自己就不应该见他，见了他也不能谈到这个问题，不是究竟有一点爱的念头在里边作祟吗？在学校时，心里就不免爱慕他，十年来始终没有忘掉他，时常想看见他，就是这十年前的一点爱的种子活动的缘故，这颗种子早就应当消灭它。可是余朝晖总有一种力量使得她不愿意把它消灭，一颗爱的种子种成，就不愿意摧毁它的。可是她又不愿意把这种子培养长大，老是这么藏着才合适呢。可是她想得蛮好，事实怎么能够办得到呢？有一个丈夫，还要交一个情人，这个情人老维持不即不离，于是灵的肉的两种安慰都有了。可是她不想，那个专门肉的丈夫见她有了情人，自然不能答应，那情人光享受精神的安慰而不能占有，也不甘心。而女人却以为男人就不了解她，她委屈得多了。方碧容倒是比别人理想多一点，她能顾到双方的感情，可是这样却使她苦恼了。

他们对谈着，也没谈出什么结果来。杨晓寒从后山上走下来了，她说："上面真冷，风大极了，你们还不走吗？我想回去了。"

方碧容道："我们一块儿走吧。"

余朝晖还想和方碧容再谈一谈，但叫杨晓寒一个人走，也怪不合适的。无法，只得和她们一同走出来。

方碧容道："哪天我见你，便给你写信吧。"

余朝晖没有言语，因为一等就半年，太无聊了。方碧容明白他的意思，便道："在这个月里，我们还有机会见面呢，下个礼拜，你也许能够接到我的信。"

余朝晖一听，立刻欢喜了，说道："好吧，时间越短越好，因为我还有话说呢。"

杨晓寒道："哎呀，我打搅你们谈话了，我先回去，你们再谈谈吧。"说着，她一个人匆匆走下去。他们叫她，她也不理。

方碧容无法，便和余朝晖一同走下来，一边走着，一边谈到杨晓寒。余朝晖道："杨小姐这个人真好。"

方碧容道："她的学问尤其好，她实在是一个天才作家，她非常用功，比我强上百倍。"

余朝晖道："她结婚没有?"

方碧容道："没有呢。"

余朝晖道："有对象吗?"

方碧容道："没有。她常同我说，她最恨男人不过，她说世间的男人，没有一个好东西，她对于每一个男人都不信任。"

余朝晖道："这一说，她对我还不错?"

方碧容道："实在不错，可是她曾说余朝晖这个人只能做朋友。她说男人若是交朋友，的确比女人大方、慷慨、体贴，但是要进一步，就容易把他的缺点暴露出来，女人总要吃亏的。"

余朝晖道："这个见解是没有认识透彻的缘故。固然，有很多男人都像她所说的那个样儿，但有的男人，也不尽然。"

方碧容道："反正男人总有个虚伪的面具，这个虚伪的面具，是对女人有利的。女人最好不要揭了他的面具，面具一揭，女人就要吃亏了。"

余朝晖道："人若是那样顾忌，那就没有快乐可言。唯有不计将来之是否吃苦，才能得到目前的快乐。否则即或得不到苦，却也得不到快乐。"

176

方碧容道："我时常这样想，什么叫吃苦？什么叫快乐？我觉得吃苦有时也是快乐，有时快乐也觉得是苦。我早把快乐吃苦看得淡薄了。不过我被一种力量牵着我，叫我追求，追求那既不苦也不快乐的一种理想生活。若说是快乐吧，里边也有许多苦味，若说是苦吧，可又有一阵阵甜，这真是不可思议。"

余朝晖道："我问你，在十年前你曾给我写两篇稿子叫我改，你那稿子是什么意思？"

方碧容刚要回答，忽然看见老远站着两个人，好像路遇正在谈话，方碧容忙道："快离开我，过两天等我的信。"说着，匆匆走去。余朝晖知道一定有缘故，也就停住了脚。

要知方碧容见的是谁，且读下章。

第三章　落子为棋回着算输

余朝晖同方碧容正在路上走着，忽然方碧容见前面有两个人站着说话，她一看有一个是孙雁行的表弟，她急忙对余朝晖说："过两天有信给你，再见，离开我吧。"她匆匆去了。

余朝晖知道前边那两个人一定同她认识，幸而没有看见自己同她一块儿，乘此他也就转身骑车而去。想着今天的奇遇真是梦一个样。

他走了很远，忽然又心里一动，想道："那两个人是谁呀？也没有问她，也许是她的情人？她一定还有情人的，她既能背着雁行和我一处走，就难免也能和别人一处走。像她那样的人物，怎能没有男人追逐呢？再见她的时候，非要问她有没有其他的情人。假如露出还有其他情人的神气，自己马上就不要她了。"这真是一种矛盾的心情，他说不出什么理由，但他就这样地想着，恨不能马上接到方碧容的信，仔细地问她一下才能去心里的疑惑。

等了两天，没有来信，他的疑惑更深了，而见她的心更迫切了。又等了两天，仍未见来信，他不但疑惑，他简直把疑惑变成相信，相信自己是失恋了。

这天是礼拜六，他想找邱文成去一同到孙雁行家里去看看。后来又一想，不大合适，还是不去吧。天下有的是女人，何必为这么一个方碧容颠倒如此。

他正想着，忽然邮差送信来，他接过一看，就知道是方碧容来的。他不由欢喜若狂，立刻拆开一看，果是方碧容的。上面写着："二十五日星期日，下午二时，在杨晓寒寓中相晤。"别的话，什么都没说。虽然很简单几句，但他看了多少遍，就如一封缠绵悱恻的情书一个样。

第二天，如约而往。看了看表，两点刚过了五分，正合适。他上前一打门，里面出来一个女人，余朝晖便问："杨小姐在家吗？"

那人道："没有，出去了。"

余朝晖道："杨晓寒杨小姐。"他怕那女人听错，又答复一句。

那女人道："我知道，出去了。"

余朝晖心里想："是不是因为我晚到五分钟，她们不乐意而拒客？"遂问道："什么时候出去的？"

那女人道："吃完饭就出去，走了有一个钟头了吧。"

余朝晖一想：不对呀，定好了二时在这里见，现在已经过了二时，怎么她会不在家呢？于是又问道："有位方小姐来了没有？"

那女人道："没有。"

余朝晖十分奇怪，忽然又想起，别是自己把信看错了吧？回去再看看信去，万一是别的时候，或是别的日子呢？他急忙又骑车回到家里，找出那封信一看，一点不错，确是今天，确是二时，确是在杨晓寒家。他真纳闷了，本来的疑惑还未解释，现在又多了一层疑惑。难道她们又改期了？

他犹疑不决，后来又想："算了吧，别为这事用这脑子，有这精神还是干点儿别的吧，十年前，这方碧容就在捉弄着自己，到现在她还这样玩弄，自己也太无丈夫气了。一个堂堂男子，为什么受一个女人的玩弄呢？"他决心不理她了。

谁知过了两天，又接到方碧容的信，那信上说："昨天实在对不住，不但叫你白跑一趟，也叫我白跑一趟。我到那里，说你刚走。我那时的心，真是说不出来的难过，谁叫杨小姐临时有事出去了呢？她也直抱歉，本来她说两点钟可以赶回来，谁知回到家里，说我都已经来过了，她也很抱歉呢。现在再约定，下星期日（四月一日），仍于下午二时，去杨寓相会，请你务必去才好。"

余朝晖一看，心里又活动起来，这封信倒是写的话多一点儿了，非常恳切，不像玩弄的样子。于是把放下的心，又重拾起来。

到了星期日，他又准时而去，到了杨晓寒的门口，差两分钟两点，他想：这回不算迟到了吧。他想到方碧容也许来了，他上前叫门，门里出来的仍是那个女人。

他道："杨小姐在家吧？"

那女人道："没有，出去了。"

他一听，不觉一怔，又问道："方小姐来没来？"

那女人道："没有。"

余朝晖一听，真是怒由心中起，他觉得她们玩弄自己未免太过了吧，他发誓不再理她们，转身而去。心想无处可玩，先到市场转转去。他骑上车，走过了大街的尽端，他还想着，也许今天是万愚节，所以她们故意，这究竟是不可恕啊。

他正走着，就见迎面来了一个三轮车，上面坐的便是方碧容。他们全都愣住了，方碧容很奇怪地道："你上哪里去？"

余朝晖道："我上市场。"

方碧容道："你没到杨小姐那里去吗？"

余朝晖道："我去了，杨小姐不在家。"

方碧容道："又不在家？"

余朝晖道："说的是呢。"方碧容十分纳闷。

余朝晖道："我们到别处谈一谈去。"

方碧容道："我们再上她家去问一回去。"于是他们又到杨晓寒家里来。到那里一问，仍然没有回来呢。

方碧容道："好吧，我们仍旧到景山去吧。"于是两个人走着。

余朝晖道："我以为今天是万愚节，你们又来骗我。"

方碧容道："上回已经对不住了，这回如何又来骗你？上回我来，说你刚走。"

余朝晖道："上回我就想到市场去，走不远我又想回家了。要不然上回我们就可以碰见，就不致有这次了。可是这位杨小姐这样开玩笑，有点儿不对，你是跟她约好了吗？"

方碧容道："是约好了的。"

余朝晖道："她不能两次都失约，一定家里不方便。"

方碧容道："没有什么不方便，她一个人住三间屋子。"

余朝晖道："或者她不愿意我们在她家聚会。"

方碧容道："可是她完全答应的，而且这第二次还是她提议的。上次失约，她觉得万分抱歉。"

余朝晖道："那她究竟为什么呢？"

方碧容道："我们不必研究她了。"说着，他们雇了车，来到景山，他们绕到里边找一个向阳的椅子坐。

余朝晖道："真奇怪，杨小姐很诚恳的人，不像这么爱失约的人，我想她一定是故意的。你应该很了解她的，她究竟是为什么要这样干？"

方碧容道："我想不出来。她那人平时是很讲信用的，这次突然这样，我真莫名其妙，我们不必研究她了。"

余朝晖道："不，我想知道原因，我怕是我得罪了她。"

方碧容道："那不会的，她对你印象很好，头一次失约她还很抱歉呢。你若是得罪了她，她根本不理你了，何必又来约呢？"

余朝晖简直想不出来她是为什么，索性也不想了。他道："你出来上哪儿，雁行知道吗？"

方碧容道："我告诉他是上杨小姐这里来的，他也不问。以后恐怕出来的机会少了，所以今天的见面，也许是暑假前的最后一面了。"

余朝晖一听，又怔了，他叹了一口气，说道："若是像这样见一次面，就别别扭扭的，一不见又过半年，那真是不如从此不见。"

方碧容一听这话，也怔了半天，心里的思潮涌上来，感情也激发得很高，但是终被她的理智压下去。她一声不语，显得是特别镇静。

余朝晖见她一声不语，便道："你太捉弄我了，十年你都不放赦我一步吗？"

方碧容道："你说这话我不承认，我并没有捉弄你。我告诉你吧，我的感情还是你引起来的。"

余朝晖道："那么你爱我吗？"

方碧容低下了头，她的心跳跃得厉害，马上连气息都觉得短促似的。余朝晖握了她的手，非常柔软，但是很烫。他当时也禁不住感情的冲动，他抱了她要接吻。

方碧容连忙站起来说道："不，我们不能这样。"

余朝晖被她这一拒绝，自己倒觉得惭愧起来，因为他的热情猛的一棒打回来，理智翻上来，他想到这是不应该的，他脸红着说道："走吧，我们回去吧。"

方碧容又坐了，余朝晖却站了起来，他道："我错了，我根本走错了路，我是不该这样做的，我们回去吧。"

方碧容坐着不动，余朝晖道："你还不走吗？"

方碧容道："你再坐一会儿。"

余朝晖道："不，我不能再坐着了，我已经受了一个极大的耻辱，我不该爱一个不能爱的人。"说着就要走。

方碧容道："但是你坐一会儿也没有关系。"

余朝晖道："这个环境里，我同你一块儿坐着，我们不能这样的。"

方碧容的眼泪流出来，她道："你如果爱我，请你再坐一会儿，你饶了我的命吧。"

余朝晖不明白她到底是什么意思，便又坐下来，看着她这可怜的样子，又不禁动心。唉，真是冤孽，不知她为什么这样翻来覆去地捉弄人，难道她不痛苦吗？他拿出手绢，给方碧容擦了眼泪。方碧容竟止不住她的悲哀，抚着脸哭起来。

余朝晖着急了，忙道："快别哭，回头有人过来，看着多么不合适。你有什么意思你快说了吧，我都快闷死了。我不明白你究竟是什么意思，你为什么这样矛盾地捉弄着我？"

方碧容长叹了一口气说道："你知道，我见你一次面，至少我有两夜的失眠，我真受不了这痛苦。"

余朝晖道："那么我们就不必见面好了。"

方碧容道："可是我不愿意失去你的心。我不见你，你的心会离开我，可是老见面，我又太经不住刺激，男人是不明白女人的心的。"

余朝晖道："我明白了你的意思，我们不必见面，而我们的心都系在一处，彼此相印就得了，是不是？"

方碧容道："是呀，你是聪明的，你明白我的心。我爱你，我愿意我永远有你的心，我们的心，相结在一处，我就非常快活了。有时我还幻想，幻想实在比实际快乐得多。我跟你说，我见了你，痛苦比快乐多的，可是我又想见你，见着你，就如同见着你的心，这是矛盾？这不是矛盾。你能够明了我这个心，你就原谅我所以要躲避的缘故了。"

余朝晖道："我明白你的心，但我不能原谅你的躲避。"

方碧容道："为什么？"

余朝晖道："因为你不了解我的心的缘故。"

方碧容一听，低下头去了。

余朝晖道："现在我知道，女子都是自私的，什么事都为她自己想得周密而安详，而从不肯替对方想一想。走吧，我们也无须讨论这个问题了，就当作过去的事看吧，这样我们都会减轻苦恼的。"说着便要走。

方碧容忙拉住了他的手道："你不能走呀，亲爱的，你爱我吧，你不能这样忍心哪。"她拉住了他不放。

余朝晖心又软了，他坐在她的身旁，说道："哎，真是冤家！"

方碧容道："你发誓，告诉我你要永远爱我。"

余朝晖道："我可以发誓，我永远爱你。但是我就这样地爱下去吗？"

方碧容道："我请求你，你多爱我一点儿，我的灵魂，一定能找补的。我知道这样的爱对于你损失多一点儿，可是再没有比这个更好的法子。朝晖，你爱我，才能原谅我。"

余朝晖这时也没了办法，想到如果叫她伤心过度，那连胎儿的生命都受连带关系了。他抱了她道："一个吻的安慰总可以吧？"

她实在没有力量拒绝他了，她被他抱着吻着，她的泪又如涌泉似的流出来。

余朝晖安慰她道："我永远爱你了，你放心吧，即或一辈子不见面，我也是爱你的。"

方碧容欢喜道："你真能这样吗？"

余朝晖道："我不会欺骗的，你要永远相信我，你永远可以得到快乐。"

方碧容道："只要你永远能想着我，我一定快活的。"

余朝晖道："那么我们再见的时候，是不是要过半年？"

方碧容道："你如果最近还要见一面的话，那么我还能匀出一天的工夫。不过必须在这两个礼拜之内，过这两个礼拜，我实在不能出来了。"

余朝晖道："好吧，那么我听你的信吧。"

方碧容道："我们该回去了吧？"

余朝晖道："叫我一声。"

方碧容道："叫你什么？"

余朝晖道："随便。"

方碧容道："随便。"她笑了。

余朝晖道："什么随便哪？"

方碧容道："你不是让我叫你随便的吗？"

余朝晖道："我让你随便叫。"

方碧容道："余先生。"

余朝晖道："把余字去掉，光叫我先生吧。"

方碧容道："不。"

余朝晖道："我不是你的先生吗？十年前我不是你的先生吗？"

方碧容道："先生还有爱学生的吗？"

余朝晖道："不仅有爱学生的，还有娶学生的呢。"

方碧容打了他一下道："男人都比女人坏。"

余朝晖道："可是男人都被女人征服了。"

方碧容道："到底你是胜利了。"

余朝晖道："胜利吗？我算输了，因为找回了一着。"

方碧容道："哼，你跟雁行一个样，棋迷。"

这时走过一对男女来，打断了他们的话，他们站了起来，往外走着。出了大门，余朝晖给她雇了车回家去了。余朝晖回到自己家里，想到今天的事，固然快活，但仿佛有件心事缠绕，使自己不安宁。

过了两天，忽然邱文成又找他来了。余朝晖道："你怎么这几天没露面？"

邱文成道："到天津去了，前天回来的，昨天到孙雁行家里，正赶上他们夫妇两口子打架。"

余朝晖一听，吓了一跳，忙问道："怎么回事？他们怎么会打起来？"

邱文成道："你知道雁行的太太是谁不知道？"

余朝晖道："不是那……我不知道呀。"他忙改了。

邱文成道："你还不知道？我也忘了告诉你，不是别人——我说，那个红叶怎么样了？到底是谁？后来有消息没有？"

余朝晖道："哦，有消息，是一个北大学生。你说一说，他们为

186

什么吵起来?"

邱文成道:"你知道雁行的太太是谁不知道?"

余朝晖道:"你老问我,老不说是谁。"

邱文成道:"就是方碧容,你还记得吧?挺漂亮的高才生。"

余朝晖道:"我还记得一点儿,他们为什么吵起来?"

邱文成道:"现在还是那么漂亮。老孙这家伙也奇怪,那么漂亮的太太不享受。"

余朝晖道:"他们到底因为什么吵起来了呢?"

邱文成道:"记得方碧容从前不是对你很有意吗?"

余朝晖道:"你倒是说不说?他们到底为什么,你不说我也不听了。"

邱文成道:"我也不知道为什么,到那里,他们已经吵完了。问他们为什么,他们谁也不说。"

余朝晖一听,这可为了难了,他十分疑虑,怕孙雁行和方碧容两个人吵架是为了他,那真是叫对不起人了。他越想越不好,尤其怕方碧容为了自己受什么委屈,那自己的罪过更大了。他心里极其不安,恨不能马上见着方碧容,问个缘故。他想去找孙雁行,又怕孙雁行再同他吵起来,那就更不合适了。

邱文成道:"你想什么呢?"

余朝晖道:"啊,我没想什么,我觉得孙雁行那个人是不爱吵架的,怎么会这样暴躁起来?他们打得凶吗?"

邱文成道:"我没有看见。"

余朝晖道:"你看他们的神气?"

邱文成道:"看神气是吵了很大的嘴,但不至于打起来。据我这么想,方碧容已经怀了身孕,孙雁行不会下手的。"

187

余朝晖道:"但不知他们为了什么。"

邱文成道:"你干吗这么关心?管他们因为什么呢,横竖碍不着你的事。"

余朝晖心说:"你怎么能知道碍不着我呢?"他不再言语,可是心里总不安宁。

邱文成道:"走啊,咱们玩会儿去。"

余朝晖道:"好,上哪儿去呢?"

邱文成道:"北海划船去。"

余朝晖道:"这时候还早一点儿。"

邱文成道:"不早了,这时正是春潮水涨的时候。"

余朝晖道:"别再掉在海里头,前几天不是翻了一回船呢吗?"

邱文成道:"那是大船,咱们这是小划子。"

余朝晖遂同他去了。不过他心里有事,总玩不痛快,又搭着天气还冷,划了一会儿,他觉得有些风飕飕的,他道:"我回去了,你一个人玩吧。"

邱文成道:"你有什么事怎么的?"

余朝晖道:"我有点不舒服。"

邱文成道:"你瞧,你怎么不早说?要知道就不约你出来了,怨不得你老不高兴的神气呢,你去你的吧。"

余朝晖借这机会,便回到家来。越想这事越不好,方碧容究竟怎么样了呢?她是在受着委屈吗?他想了许久,想不出一个结果来,便随手拿起笔来,写了一篇散文,说到他因听到她吵架的消息而病了。

这篇文章登出去之后,便接到方碧容的来信,写得很多,他欢喜得不得了,先在信皮上吻了几遍,最后拆开来看。只见上面写道:

188

你也受了我的传染而这样多病起来吗？真是冤家呀！病得懒得动弹的时候，还要挣扎写这样长的信。我的境遇，你竟这样关心，叫我更要感激落泪。不过我不愿多谈了，我现在的生活，实在比自杀多一点生气。因我这点生气，才叫我尝到人生的苦味。可是我不愿意自杀，因为这点生气是你给我的。爱人，我的爱人，我要为你而活着，我要为你而受尽一切苦恼。好像是一个梦，等我提笔给你写这信时，我的眼前铺开十年前的一个景致，那时我十五六岁时，还是糊糊涂涂地不懂世事，不过对着春花秋月、青山丽水，常常会生出"好景不长"的悲思，于是忧愁便从那时起占据了我整个弱小的心灵。当我几次受到你的教诲的时候，善感的我自然对你有了情感，这情感是感谢，是知恩，而不是爱情。因为我觉得一个先生居然肯垂青一个女孩子的平凡文章，太招人意外。于是我便联想到文学史上，曾说过但丁他爱过一个平常的女孩子，但这女孩子并不知道，直到她嫁了，死了。时沉日久，神经质的，我便窃窃地把你比作但丁，自己比作那个女孩子了。后来，读到你的文章，给了我最多的心跳，从此我对你感情更深。同时觉你对我这样关心、热心、用心，而我始终不见你，是太对不住你了。于是终在某种机会下见了你，这是感谢与知恩这样做的——相谈之下，才越觉出你的诗人的性格、英华的体格、伟大的人格，都要把我这至高的崇拜，化作一片爱情。然而，已经应验了，晚到不可收拾，我的现环境下，已经没有权利来接受一个男人的完整的爱了。我只有将热情埋在心橱，像红红的玫瑰花开在深山幽谷。当我忧郁的时候，有时把一两致意的情范，寄托在文字上。偏偏你又不谅我，偶尔的命运，把我打入不见天日的冷宫里，除去无用的呼吸，我不知道世上还有什么别的存在了。请你耐心地看下去，看完了你有权利傲然把它撕碎，像撕一颗脆弱的心。没有光与热，植物便不会生长了，可是人呢？没有光与热的人生，还叫作人生吗？我原不该再写，可是，可是，我不能命令我不写。我现在写，我自己也不知写些什么，希望这不是我最后写的东西。可是谁知道呢？谁知道呢？我冷，我是怎样的冷啊！外面的风是那么大！我冷，我的心冷了啊！我的手也冷了，我的周围都是冷气！我要僵冷了！天呀，谁能信春风是多情呢？谁能信春风对着物是一视同仁呢？单冷了我！是哭的时候了，好春赐予我一堆流泪的日子。

余朝晖看到这里，不由也落了泪。至于他们为什么吵架，她并没有提一句，他仍是放心不下。看她信中的言语，似乎是为了自己而吵架了。并且她也没有提到再见的日期，这怎样能知道她们现在是为了什么呢？这时又不好意思见孙雁行，怕孙雁行怀疑他。他想找邱文成问一下，叫邱文成打听打听他们到底为什么吵架，可是这一来也容易叫邱文成猜疑。

他闷闷不乐，想写回信，又无处投递，实在闷到极点，便走出门来，到大街上游逛。一直走到商场，他刚要进去，忽然正碰上方碧容过来，他不禁大喜，便站在当前。方碧容正走着，猛然看见余朝晖，也不觉心里一跳。

余朝晖当时也不知说什么好，看方碧容匆匆的样子，便道："你的信我接到了。"

方碧容道："哦，不必给我写回信了。"

余朝晖道："你不是说再见一回面？"

方碧容道："我这两天忙。"

余朝晖道："你们为什么吵架？"

方碧容道："这时不能说，我要赶紧回去。"

余朝晖一听，以为她是有意躲避自己，立刻不乐意了，说道："再见。"说着，便昂扬走去。

方碧容一见，心里特别难过，她叫道："朝晖。"

余朝晖又站住了，问道："还有什么事？"

方碧容道："星期四下午四点，在森隆见吧。"

余朝晖一听，又欢喜了，说道："好吧。"

方碧容匆匆又走了，余朝晖这时心里还痛快一点儿。可是他把日子听错了，他把星期四听成了星期日。一来是他没有注意听，他没有想到还能相见；二来是他光想着她星期日才有工夫，所以记准了星期日。

到了星期日，下午四点，来到森隆。一问方碧容，伙计各楼上都喊到了，没有方碧容。余朝晖只得等着吧，并且告诉了伙计，如果有找余朝晖的，把她引到这里来，伙计答应去了。余朝晖便坐在那里等着，时间已过了四点，想也就快来了。谁知越想快来，她是越不来，等到五点多钟，仍未见她来，他想她也许不会来了，他很生气，立刻叫了菜，自己吃了。他想即或她来，自己也不等她了。

他直到吃完了饭，快六点钟了，她也没来。他想到那天她也许是骗自己，为转圜当时的僵局。她不愿意看见自己生气而去，所以约自己到这儿来。他想到这里，更加生气，想到此后绝不再理她。

191

晚上他到报馆办公，邮差递给他许多的信。他先看信皮，把那不要紧的先放在一边。他发现这信里有方碧容的一封，他急忙打开来看，他想一定是方碧容抱歉失约的信，既然骗了自己，还要自己想念着她。

打开一看，不觉怔了，只见上面写着：

　　晖，你太狠了吧，我受到雁行的多少无礼的暴言，但也没有像这次所得到的痛苦大。我简直觉得我要疯了，我受了莫大的耻辱。在我写这信的时候，手还在发颤，我写不成行了。晖，我只有恨我，我不该见你。我那时应当咬定牙关，坚忍到底。我绝不见你，那我就没有这样许多痛苦了。今天我在森隆，从四点到七点，也不见你来，我知道你是不会来的了。我不知怎样走出的市场，心里难过到极点，我还拿着一篇稿子交给你，可是这篇稿子叫我在路上撕得粉碎了。晖，我现在什么也不说了，一切都付诸命运吧。今天是睡不着了，可是我什么也写不出了，祝你永远快乐吧。

余朝晖一看这信，比不看还着急，他想怎么想法安慰她一下才好，虽然自己今天寻她也够难过的，但究竟是怨自己听错了日子。他急得一点儿办法没有。

第二天他一清早就起来，他试着给方碧容的学校打电话。幸而她刚到学校，接了电话一问，才知道是余朝晖打来的。

余朝晖忙把他听错了日子，自己怎么到饭馆等她，怎么着急的话说了一遍，他恨不能一肚的话一齐说出来才好。

方碧容这才放了心，说道："我明明说是星期四，别的都听对了，为何这一个四字会听错了呢？"

　　余朝晖道："我当时心里一乱，所以没注意。我想你是星期日有工夫的。"

　　方碧容道："你这么聪明会想不到这里？我越是星期日越出不来。星期日出来，非得撒个很大的谎不可，平常我只是向学校告半天假就可以了，而且还不致叫雁行疑心的。"

　　余朝晖道："我有很多的话要向你说。"

　　方碧容想了想道："那么我们一会儿吃午饭吧，我十二点钟下课，你能不能在森隆等我？"

　　余朝晖连道："能能能，我一定在那里等你就是，可你一定要去呀。"

　　方碧容道："我一定去的。"说着，把电话挂上了。

　　若问下午他们见面没有，且看下章。

第四章　观棋不语真君子　见死不救是小人

　　到了正午，余朝晖便到森隆去了，等了一会儿，方碧容也去了。两个人见面，自然格外欢喜。他们又提到这回听错了日子的话，都说吃了很多的苦。

　　方碧容道："唉，造化弄人，所以我现在简直不敢见你，见了你，反而给我许多痛苦。"

　　余朝晖道："可是不见你，我又痛苦。"

　　方碧容道："你不是答应半年后才见呢吗？"

　　余朝晖道："可是我听说你们两口子吵架，我又不放心了。究竟你们因为什么呢？"

　　方碧容道："你听谁说的我们吵架了？"

　　余朝晖道："你不必问了，反正有人告诉了我。"

　　方碧容道："是不是邱文成？一定是他，因为我们吵架那天，就是他去了。"

　　余朝晖道："不管是谁吧，你们究竟因为什么？"

　　方碧容道："我们一边吃饭一边说吧。"于是他们叫了饭菜，一边吃一边谈。

　　余朝晖仍旧问他们为什么吵，是不是与自己有关系。方碧容道：

"与你无干，是我们两个人的事。"

余朝晖道："你们两个人到底因为什么呢?"

方碧容说："我们这不是常事吗? 他时常向我瞪眼发威，随便一点小问题，他就跟我吵。我以前是老容忍着，现在我觉得我这样容忍是错误的。因为我容忍，所以他便觉得我有愧于他，他就更加欺侮我了。我不能再容忍下去，我要做一个人，我不是他的奴隶，随便叫他踢打。"

余朝晖道："没想到他会这样暴躁起来。"

方碧容道："哼，这才是他的本性，那种伪君子相，是他假造出来的。"

余朝晖道："真是冤家，这话我们又无法插口，怎么劝解他呢?"

方碧容道："不必劝解他，反正将来我们有一个离婚等着。"

余朝晖道："我希望你们离婚的原因，别为了我。"

方碧容道："你呀，哼。"

余朝晖道："我怎么样?"

方碧容道："你跟我一个样。"

余朝晖道："怎么一个样呢?"

方碧容不言语了，夹了一箸菜，自己吃了一半儿，那一半儿给他道："你吃吧。"

余朝晖便张着嘴接了菜吃了。两个人又谈了些别的，方碧容道："这回以后可就别再见了，再见就得半年，听见没有?"

余朝晖道："我看你的身体还不致那么不便。"

方碧容道："不，你不知道，我每见一回面，我的精神上总要有一次变化，至少我有两夜失眠。"

余朝晖道："如果这样说，那半年以后见了，不也是这样吗?"

195

方碧容道："半年以后我就不怕了，况且也许不致有这样现象了。"

余朝晖道："那你现在不会照半年后的办法，什么也不怕吗？"

方碧容道："不成，现在跟半年后不同，现在究属身上多着一个冤孽种啊。明儿我想连学校都不去了，春假后再说吧。"

余朝晖道："半年，哪儿就过了半年了？"

方碧容道："那还不快，现在十年都过来了，半年又算什么？"

他们说着，吃完了饭，余朝晖又约她到一个清静的地方谈谈。他说："既然半年后再见，那么今天为什么不多给一点机会谈谈呢？"方碧容答应了。

他们走出市场，余朝晖便雇车到太庙，找一个僻静茶座儿坐了。

天气不冷不热，坐在树下，非常舒服。余朝晖道："我没有一天不想念你，恨不能天天老抱着你才好，我就纳闷雁行，这么好的太太，为何不享受呀？"

方碧容道："我看你若是结了婚，也就跟他一个样，男人恐怕都是如此，得到手里之后，便渐渐厌腻了。"

余朝晖道："不，我绝不是。我看着你这样美丽，我就想抱着你。"

方碧容道："看惯了就不美丽了。"

余朝晖道："不，越看越爱，越看越美。"

方碧容道："但是我希望你不要看我的美丽吧，因为那样会使我感到爱情不会长久。"

余朝晖道："我爱你的肉体的美丽，更爱你灵魂的美丽。你的心就好像一座美丽的花园，能够培养出不少美丽的种子、美丽的花苗、美丽的果子。"

方碧容道："越是这样想，你是越苦恼的。"

余朝晖道："虽然苦恼，但我也是这样想。"

他们谈了许久，都快天黑了，游人都没有了，他们这才站起来。余朝晖道："我们再到里边转一转去。"于是他们付了茶钱，一同绕到后边。

这时走到大殿旁边，一个人也没有，非常清静，余朝晖便抱住了她道："我们永远相爱吧。"说着，便用力地吻她。

她的气短促起来，心在跳着，嘴唇的热度增加，她的爱都焚烧着她的全身，她几乎晕倒在他的怀里。半天，她竟没有一点儿力量走动，浑身如棉花一样的软，她也说不出这是什么滋味。

余朝晖低声说道："容，我们走吧。"

方碧容只得半倚地揽着他的臂，又默默地走下来。一直绕了半周，她也没有说一句话，她真不知道说什么好了。一直快走出大门，余朝晖道："我们就这样半年后见了吗?"

方碧容道："我真怕你问这句话，我心里很难过，我也愿意天天和你见面，可是，你应当原谅我这不得已的苦衷。"

余朝晖道："我们再吃晚饭去吧，这个横是成了吧?"

方碧容道："你到饭馆等我去吧，我随后就去。"

余朝晖知道她是怕遇见熟人，遂确定好了哪个饭馆，然后她先走了。到了饭馆等了不久，方碧容也来了，两个人在一个单间里坐下，余朝晖道："我们吃什么呢?"

方碧容道："他们这里有个菜叫他思蜜，这个名儿真好。"

余朝晖道："那么我就要它。"于是又要了两个别的菜，米饭花卷，一边吃一边谈。

余朝晖又问到杨晓寒，方碧容说："她到南方去了。"

197

余朝晖道："怨不得她老没有消息了，上次她冤了我们两回，究竟是什么意思？你后来问她没有？"

方碧容道："没有问她，大概她是有事，她向来不失约的。"

余朝晖道："你同雁行不必吵了，你同他吵于你是不利的。"

方碧容道："他同我吵，不是我同他吵。我有了你，他给我什么气都能忍受，我是为了你。"

余朝晖道："假如他待你好时，我就退了。"

方碧容道："那就不必等那个时候，现在退不就很好吗？"说着，把筷子一放，不吃了。

余朝晖忙赔笑道："我是说着玩，你又生气。说真格的，他若待你好，你打算怎么样呢？"

方碧容道："他不会待我好的。"

余朝晖道："那不能这样武断，比方他又爱了你，或是你给他生了一个可爱的小宝宝，他因此而爱你，也是可能的。"

方碧容道："他呀，哼，他那好独的心，就是有了孩子，恐怕他只有嫌厌，不会喜欢的。"

余朝晖道："我就纳闷，当初他为什么那样地爱你？"

方碧容道："男人都是这种脾气，没得到手，真是蜜里调油，得到手了，马上就扔开。"

余朝晖道："真的是这样？我总不信。我觉得爱的变化，不在得手与否，如果是爱，就是到手也是爱的，甚至更要爱，焉能到手就全不爱了呢？"

方碧容道："你不是还没到那个时候吗？不信你结婚看看。"

余朝晖道："对，我们结婚看看。"

方碧容道："别我们我们的，这里没有我什么事。"

余朝晖道："怎么没有呢？同谁结婚去呀？"

方碧容道："我可管不着。"

余朝晖道："你管不着？你叫我结婚？"

方碧容无话可说了。余朝晖站起来，吻了她一下。

方碧容道："讨厌，这要叫伙计看见呢？"

余朝晖道："这叫他思蜜。"

方碧容笑道："讨厌，你再闹，我就叫伙计了。"

余朝晖道："伙计也管不着我们的家务事。"

方碧容道："讨厌，你的家务事与我无干。"

余朝晖道："快吃菜吧，回头凉了不好吃了。"于是他们便吃起来。

余朝晖夹了一个荸荠说道："你咬一半儿，那半儿给我剩下。"说着，把筷子送到方碧容的嘴边。

方碧容咬了一口，剩下一半儿，余朝晖道："你吃了多一半儿给我剩下少一半儿，这象征着我怕太太的。"

方碧容又把筷子放下去，余朝晖忙又央求她："你可别生气，快吃吧，这一生气就更好看了。"说着，又要求她道，"再来个他思蜜？"

方碧容道："不。"说着，便叫起伙计。

伙计进来了，余朝晖只得坐下，方碧容道："再来个他思蜜。"

伙计道："是啦。"点头出去。

余朝晖道："你真可气。"

方碧容道："是你要尝一个他思蜜呀。"

余朝晖道："我要的是那个他思蜜，谁叫你要来了？"

一会儿，伙计又把菜端来，方碧容道："这个菜是你的，我吃不下了。"

余朝晖道："你这不是成心吗？来，我们两个人吃它。"他们又好了。

吃了饭，余朝晖要给钱时，方碧容却先给了。余朝晖道："雁行不问你的钱怎么花的吗？"

方碧容道："这是我的钱，他问不着，并且他也不问。"

他们出了饭馆，才知时间已经不早，天已黑了多时。余朝晖道："我送你几步吧，回去晚点儿没关系吗？"

方碧容道："反正我也得向他编个谎了。"

余朝晖道："女人是善于编谎的。"

方碧容生气道："我骗过你吗？"

余朝晖忙拉她的手道："走吧，别生气了。"

他们在寂静的街上走着，余朝晖道："哎，以后就得半年了。"

方碧容道："你怎么老想着这个？"

余朝晖道："半年多么长远呢？"

方碧容道："十年都过来了，半年还算远？只要你心里不想它，它就过得快。"

余朝晖道："叫我如何不想它。"

方碧容道："嗬，你要唱歌儿？"

余朝晖道："真的，十年同这半年不一样，那十年不是没有见着吗？现在我们已经见了面，怎么受得了这么长的别离呢？"

方碧容道："我常给你写信不成吗？"

余朝晖道："唉，半年后又当如何呢？"

方碧容道："你瞧，你老这样想，那还有完吗？到半年后再说。这时就这么想，那还不把人愁死吗？"

200

余朝晖道："本来一双愁命人啊。"

方碧容一听，也觉难过。但她极力安慰他，而且自慰道："半年是一转眼就到的，到那时候，我的身体也轻松自由了，我可以随你在海滨月下静静地约会，那时多么快活呢。"

余朝晖道："小孩儿呢？"

方碧容道："有奶妈子看着。我同雁行已经说好了，生了小孩儿，我还得照旧去上学校，孩子我不管。他已经答应了。"

余朝晖道："我们今天就别离了，真是，什么滋味都叫我尝到了。别离的滋味是最不好受，可是分别两地，一在天涯，一在海角，也倒该着。我们虽然分别，但并不算分别，不是分别，可又分别，这个滋味更不好受呢。"

方碧容道："你不要这样想吧，半年后，你跟我要什么我都给你的。"她羞了，自己不好意思起来，却用肩倚了他一下道："都是你。"

余朝晖笑了。方碧容道："你知道，我这样做像是对雁行不忠实，其实雁行早对我不忠实了。"

余朝晖道："是吗？"

方碧容道："我只是不愿意说就是了，说出来，倒好像我为报复才跟你。固然现在不能说一点报复心理没有，可是我爱你的动机，却不是报复。"

余朝晖道："那雁行怎么对你不忠实了？"

方碧容道："他又和一个女人很要好。"

余朝晖道："这个女人是哪儿的？"

方碧容道："是他一个家馆的学生。"

余朝晖道："你见过吗？"

方碧容道："见过，她还到我家去过。"

余朝晖道："美丽吗？"

方碧容道："美什么？一脸雀斑。"

余朝晖道："这也真奇怪，有这么美丽的太太不爱，却偏偏要爱一个不美的女人。"

方碧容道："男人都是这种习气，太太总是人家的好。"

余朝晖道："不管习气不习气，就是说美不美的问题。爱美是人人都有的，难道他竟分不出美和丑了吗？"

方碧容道："习气把他这种鉴赏力遮盖了，所以习气一生，他就不分什么美和丑。"

余朝晖道："这究属是一个谜。女人大概也是如此吧？"

方碧容道："不过女人的习气小些，不像男人那样重。"

他们说着，已快到方碧容的家了，方碧容道："你回去吧。"

余朝晖抱住她道："半年前的最后一面了。"

方碧容也觉凄然，余朝晖便和她接了一个很长的吻，终于他们分别了。他们一边走着，一边回头互相望着。余朝晖在拐弯处，仍然看见方碧容在路灯底下那美丽的姿态，实在叫人舍不得离去。

方碧容看见余朝晖不肯走，便用手挥他，叫他赶快走吧，不必留恋了。余朝晖黯然神伤，他吻了自己的手，又向方碧容吹去，方碧容也遥为接受。这时，有三轮车的声音传来，他们不得不别离了。

方碧容走回家里，仍然咀嚼着她今天的快乐。她见孙雁行已经回来，不由一阵脸热，但她为了余朝晖，不能不撒谎了。她先说道："雁行，明天我就要向学校请假了，春假后再去了。"

孙雁行一听这话，自然喜欢。便问道："你怎么这样晚才回来？我并不是嗔着你晚回来，我觉得你的身体不便。这样晚回来，叫人不放心的。"

方碧容道："我跟同学说我明天就请假不来了，她们听了，非要约我吃饭去不可，吃完饭才回来的。"

孙雁行也就相信了她的话。

她道："哎呀，我真累得慌了，她们真爱闹，闹得我心里都怪乱的。"

孙雁行道："那你就早点歇歇去吧。"

方碧容先洗脸，洗完脸又脱了袜子洗脚，洗完了脚，又喝了两杯茶，便进到自己屋里睡觉去了。其实哪里睡得着呢？她想到和余朝晖的爱情，不知是什么滋味，她快乐，她兴奋，她得着他的心，她睡不着了，心里只是跳。她想到余朝晖这时是不是也在想着自己，不管想不想吧，现在总算得着他的心了。在这半年内，她是快活的了，即或他不爱自己，而自己并不知道，只要分别的最后，他还爱着自己，自己就算胜利。

方碧容想得高兴，不觉睡着了。她做了一个梦，梦的非常快乐。第二天起来，便到学校里，给余朝晖一封信，这信接到余朝晖的手里，正是他想她的时候。

他接到信非常快乐，急忙打开信看时，只见上面写道："昨天夜里我做了一个梦，是一个礼堂里，四周排着许多人送的幛子，红色的，鲜艳的，里面找不到你的名字。在这里，并没有一点不快活的颜色呢。你梦见了什么？今天我到学校递了假条子，明天我就不出来了，这礼拜日或者有信给你。"

余朝晖看了她的信，十分欢喜，他想到她这个梦一定是和自己结婚，因为她说在来宾的幛子里，见不到自己的名字，这不是自己成了主人了吗？

余朝晖拿着这封信，翻来覆去地一琢磨，越琢磨越有味，因为方碧容嘱咐他不要给她写信，所以他也就不写回信了。

过了一个礼拜，又接到方碧容的一封信，上面写着："今天到医院去检查，大夫说我的心脏病很轻微，不要紧，他叫我去修养，不要过累，我只有每天在家里待着。虽然一阵阵想去见你，但也无法出去。他们给我买了好多小说看，怕我寂寞。晖，他们哪里知道我并不寂寞呢？我现在无时无刻不在想你，甚至连小说都懒得看了，真是只有幻想是最快乐的。我的妹妹来看我，这封信是她给发的，我叫她每个礼拜来看我一次，那么你便可以每个礼拜接到我一封信了。你寂寞吗？想我吧，想我就不寂寞了。"

他正看着信，邱文成来了，他急忙把信收起，邱文成道："你干吗呢？"

余朝晖道："没事，闲待着。"

邱文成道："走，咱们公园遛遛。"

余朝晖道："好吧。"

邱文成道："老孙在那里等着你哩。"

余朝晖一听吓了一跳，说道："他等我干吗？"

邱文成道："他等你摆棋呢。"

余朝晖这才放心道："他的棋瘾真不小。"

邱文成道："老孙还说，老余怎么回事，老不来了？别因为婚事不成就不好意思来，那多不好。"

余朝晖道："我这些日子真忙。"

邱文成道："大概尽跟红叶女士亲近呢吧？"

余朝晖脸红了道："没有。"

他们说着，一同走出来，雇了车来到公园。走进公园里，余朝晖道："听说老孙最近又恋了一个女学生，是吗？"

邱文成道："倒是挺好，时常一块儿玩。据老孙说，他不承认有爱情，我想他不会再爱一个人，他跟他太太还不爱哩。"

余朝晖道："可是常在一块儿玩也不大好呀。"

邱文成道："说的是呢，你听谁说的？"

余朝晖说不上来了，结结巴巴地道："我听一个人，忘了是谁了。"说着，已经来到茶座，遂把这个问题丢开。

来到茶座，见孙雁行正同别人摆着，他们便坐在一旁看着，一句话也不说。

邱文成道："观棋不语真君子。"

余朝晖道："可是见死不救又是小人。"

邱文成道："那这做人可真难了。"

说笑间，他们的棋已经摆完，于是孙雁行这才同余朝晖说话，他道："你怎么老不到我家去了？"

余朝晖道："你尽到这里来，我到你家不是碰钉子吗？"

孙雁行道："来，咱们来一盘，大概我可以让你一个子儿了。"

余朝晖道："棋这么高了吗？"

孙雁行道："摆着看。"

于是他们摆起来。下着下着，孙雁行的一块棋被余朝晖的棋包围起来。看那形势，跑出是很困难，而在里边做活也不容易了。孙雁行只得从外边侵入，如果能够和里边接应起来，固然通体全活，若不能接连时，外面自己也占了一大块棋。

余朝晖并没有想到他能扔下这块棋而走别的，自己净顾了不叫他连上，外边的一块地盘却被占去。余朝晖颇为惊讶，说道："没想到你的棋会进步这样快？"

孙雁行得意道："下棋不能恋子，能够牺牲时，就牺牲不要了。为了恋一个子，把别的都牺牲了，那就不上算了。所以，下棋必须看形势，看这形势这个子实在不能保了，还一死儿地往下干吗？不是白费吗？"

余朝晖道："对，你这是看什么谱看的？"

孙雁行道："红叶谱。"

余朝晖点了点头，这盘果然是余朝晖输了。他们把棋收起来，略又谈了些别的话，遂分别各自回家。

余朝晖想到孙雁行的话，不觉有许多感想，弃子求活，这是下棋最要的一件事，如果把这种精神来处世，也确实减少许多痛苦呀。

自此方碧容不时地给余朝晖写信，余朝晖虽然见不着她，但她的情形却知道得很清楚。

这天余朝晖又接到方碧容一封信，那信上说："一弹指的工夫，我们又四个月没有见了，我真想你呀。你觉得这日子很长吗？礼拜大概我要住医院去了，我要做母亲了。我现在真害怕，我想到孩儿脱离母体的一刹那，那一定疼得难受吧。这实在是造物者给女人的一种惩罚。可是我听说瓜熟自落，不必心慌，到时自然就生下来的。可是我想着，到底总有些疼痛，不是吗？你给我祈祷吧。"

余朝晖看了她这封信，当真每天早晚给她祈祷。

这天，余朝晖因公到徐州调查，邱文成和孙雁行在头天还在公园饯行。第二天他们还送他到车站，等他开车，这两个人才回来。临别的时候，还再三嘱咐到徐州就来信。余朝晖答应到徐州必定给他们来信。

余朝晖这回走，是故意叫孙雁行知道，他的意思并不是为叫他饯行，而是为叫方碧容知道。因为他无法给她写信，只要孙雁行知道，他还不回家对方碧容说的吗？即或他不对方碧容说，自己到徐州也可以有理由马上给孙雁行写信，那方碧容还有不知道的吗？况且自己只走上一个月就回来的，这一个月回来，方碧容的小孩也就快满月了。她说满月之后就可以出来的，那时也就见了面。他不知孙雁行对于方碧容什么事也不跟她说，一来是不愿意说，二来懒得说，三来根本想不起来说，所以方碧容并不知道余朝晖已经走了。

孙雁行自余朝晖走了之后，过了两天，余朝晖也没来信，他也不大注意这事，他也知道余朝晖忙得不会写信。可是这天他见着邱文成，邱文成对他说道："哎呀，要坏。"

孙雁行道："什么要坏？"

邱文成道："你接到老余的信没有？"

孙雁行道："没有呀。"

邱文成道："一定要糟。"

孙雁行道："怎么要糟？"

邱文成道："你没听说吗？老余上徐州那趟车，在徐州附近撞车了，死了很多人，老余可实在危险哪。固然咱们不能咒老朋友死，可是他不来信，就凶多吉少。"

孙雁行道："就是没死，也不见得就来信，若是受了伤，更不能写信了。"

邱文成道："不然，他若是没死，必定打来电报。因为他想到朋友们知道撞了车必定不放心，所以非想法打个电报来免得朋友们着急。他这一没有消息，一定凶多吉少，咱们就给他念佛吧。"

孙雁行道："也许不至于，咱们再等他半个月。半个月寄不来信，就不保险了。"他们也就只可等着。

这天，孙雁行刚要出门到医院去看方碧容，不料邮差送封信来。

他一看是余朝晖的名字，初以为是余朝晖的来信，跟着想不对，余朝晖来信不能把自己名字写在当中，这是别人给余朝晖的信还了回来的。可是这是谁寄的呢？看这笔迹像方碧容写的。

他很奇怪，急忙拆开一看，只见上面写道："晖：我亲爱的晖，我已经来到医院几天了，大概再过几天，我对于雁行的责任算是尽到了。再过一个月，我就可以和你见面了。这几天我躺在床上，虽没有什么痛苦，但是精神上总不安宁，你给我祈祷了吗？"底下还有很多话，孙雁行简直看不下去了，他的手颤抖起来，他气得要发晕。他即刻要找方碧容，和她大闹一场，把她大骂一番，极力给她羞辱，甚至叫她自杀才能出这口气。

可是一到医院，他又想起来，还是先忍住了气吧，等她生下小孩再说。假如这时候一闹，岂不是连小孩的性命都饶在里头？大人不管她，而孩子不能不注意。等她生下来，过了满月，找来奶妈子，然后再向她闹不迟。好在余朝晖已经死了，不怕他们联同起来。如果他们愿意做连理枝的话，叫他们到地下去连吧。他想好主意，一声不语，把信收藏起来，仍旧原来的态度。

过了两天，方碧容把小孩生下来了，是个男孩。他们全家人一看，莫不喜欢。孙雁行以为命根子到手，再有没有方碧容就没关系了，不过为了出这口气，非得叫她受个极大的耻辱不可。

这天，他又接到一封信，接过一看，仍是方碧容给余朝晖的信退回来的，那信上写着："亲爱的晖，我现在已是一个男孩的母亲了，他们都很快乐。我身体还好，不过有些软，眼光发散，看什么都迷糊，写这封信，字体大小都不成行，过几天就好了，我大概再坐上一个礼拜就出院的……"

孙雁行一看，又是气又难过，可是他仍应收起来不言语。

又过了几天，方碧容出院了，仍旧给余朝晖写了一封信，还附着一首情诗，这封信又退了回来，叫孙雁行看了，那信上这样写着："我的爱人呀，我现在又出院了。光阴过得真快，未入院时，不知何日才能出院，现在出了院，想到入院以前，也就如昨天一个样。我们快见面了，六号满月，你来吗？我盼望你来，又不希望你来，来不来你自己拿主意吧。天气真热，我的罪可受过去了，我想你一定很想我吧。"

孙雁行简直看不下去了，把信收起来，仍旧不言语。

满月这天，亲戚朋友来贺喜的很多，邱文成也来了，他见了孙雁行说："老余大概是完了，始终也没来信。他走的时候说一个月就回来，现在都过了一个月，即或不来信，人也该回来了。"

孙雁行哼了一声，没有说什么。半天，他才道："过几天我告诉你一个消息。"

邱文成道："谁的消息？"

孙雁行道："过几天再说。"

邱文成见他不说，也就不再问他，知道他的脾气，他说不说，一定是不说。

过了满月，孙雁行的家里生活，一切又全都照旧。不过多添了一个小孩，显得非常有生趣。而孙雁行个人却非常不好受，憋着一肚子气还没有发泄出来。

这天，方碧容要出门，说到北海散散步去，她好几个月没有动弹了。孙雁行知道她是找余朝晖去，心里立刻火儿出来，跟着他又想到她是不会见着余朝晖的了，不如先叫她失望，受到打击，然后自己再给她一个难堪。想罢也不说什么，听她去了。她走了不久，邮差送来一封信，又是退回来的，孙雁行拆开一看，是方碧容约余

209

朝晖今天在景山相会的信。

　　孙雁行看了，想到方碧容如此瞒了自己和余朝晖定约会，更是生气。他想她这些信是谁给寄的呢？她写这信，一定是在自己出门的时候写的，可是是谁发出去的呢？他把家里人都问到了，都说没有给方碧容发过。后来他想起来，这一定是方碧容的妹妹常来看她，叫她给发的信。他越想越恨。

　　到了晚上，方碧容回来了，无精打采的样子，她一定没有见着余朝晖，她哪里见得着呢，除非她死了。

　　方碧容在未去以前，抱着很大热望，极高兴地去了。谁知等了一天，也没见着余朝晖，她难过到了极点，期望越大，失望越深的。

　　回到家里，孙雁行狰狞的脸色对着她道："你上哪儿去了？"

　　方碧容道："我不是跟你说到北海去了吗？"

　　孙雁行冷笑道："到北海去了？干吗去了？"

　　方碧容道："散一散步。"

　　孙雁行道："呸，不要脸。"

　　方碧容本来心里就难过，一见他又骂上自己，遂问道："我怎么了？"

　　孙雁行厉声说道："你还问我，你看看这个。"说着，把这些日子方碧容给余朝晖写的信，使劲往她脸上一摔，打得方碧容脸直疼。

　　她仔细一看，却是自己给余朝晖写的信。她急忙拾起来，每封信全被拆开，里面露着信瓤。她的脸色白了，手也颤抖起来。她不知怎么一回事，给余朝晖的信为什么会到孙雁行手里来？难道余朝晖又不爱自己了，却把这信卖给孙雁行了吗？她想到这里，心中真如刀绞一般难过。她觉得男人心太狠了，余朝晖完全为了他的身份尊严，与朋友间的友谊，社会上的地位，他把我牺牲了。男人是这

210

样恶辣。

她这时脸色苍白，几乎气死过去，她一声不语，唯有想法怎样报复，自己没有这力量，老天爷也不会放松他的。

她这里想她的，旁边孙雁行不住地骂，他道："你还想余朝晖？无耻的东西，你这一辈子也不会见到他了，这是报应！还有什么脸对我？"

方碧容哭起来，孙雁行道："你还哭，你以为你还有什么委屈吗？不要脸，没羞耻的荡妇。"

方碧容道："我不准你骂我，你不愿意要我，我们离婚好了。"

孙雁行道："离婚就离婚，你以为离婚就可以嫁给余朝晖吗？那你算是妄想了。"

方碧容一边哭着一边道："我明白了男人的心，我再嫁也好，自杀也好，你不必管我了。反正我们现在离婚吧，这个恶浊的世界，也没有什么留恋的了。"

孙雁行道："好，你写着字样，我去找证人去。"他说完就出去了。

方碧容把几封信撕得粉碎，又用火柴点着焚了，然后找出纸笔来，写着离婚字样。

一会儿，孙雁行约了两个人来，一个是律师，一个是邱文成。

邱文成一进门就说："你们两口子真是瞎闹，离什么婚？我来是给你们说和来的，我不是来证离婚的。"

方碧容道："为了雁行的前途，希望你帮这个忙。我现在绝不想活着了，可是我不能就这么死去。我还得报复一下，然后我再死。"

邱文成道："没那些说的，你们究竟因为什么？"

方碧容道："我现在可以同你说了，我们是因为余朝晖的缘故。

211

我爱余朝晖，可是我错爱了人。他欺骗了我，他卖了我。从此我不毁灭了男人，我就叫男人毁灭了。"

邱文成一听，知道这里情形复杂，他也不好说什么。可是叫他证离婚，他是绝对不干。他说："雁行把我找来，说你们又打了架，我是为劝架而来，叫我证离婚，我不能干。再者无论为什么，也犯不上离婚，尤其为了余朝晖，更不值得离婚。据我说，算了吧，小孩刚刚满月，你们就离婚，孩子怎么办？难道你们不为了你们的骨血想想吗？"

律师也直劝说，他说："虽然我的职务是律师，但是我向来不给人家证离婚。你们全是气头上的话，过两天就得后悔。你们既然请我来，我不能不管。这样办，我给你们二十四小时的犹豫，明天这时再说吧。"

方碧容见他们都不管，不禁大哭起来。她的心里已经决定，绝不再与孙雁行和好，她的精神受了极大的打击，她决心要复仇。

她说："毁灭不了男人，就叫男人毁灭。"她不再言语。大家劝了一会儿，以为没事了，各自去了。

孙雁行也以为给方碧容难堪了，心里略微舒展些。同时他抱着她的孩子，觉得很可爱，离婚的念头，也就渐渐淡薄。

可是方碧容却始终在激愤，这一夜没睡。第二天还没亮，她留下一个条儿走了。那条儿写的信："我要毁灭了我的仇人，我要到天涯海角，你只当我是死了吧。"

她到余朝晖的住处，才知余朝晖已经搬走，她又到各关系地方一打听，才知道余朝晖已经上徐州去了。她想："他卖了我，他到徐州去了，跑到什么地方不是也没离开地球不是？他能够到的地方，我就能够去到。"她竟追到徐州去了。

这时余朝晖呢却并没有死，遇险确是遇险了，他坐的那趟车，正是出险的那趟车，他受了伤，他的右臂折了，当时同着许多伤人都抬到医院里去。大夫看到他的病状，倒是没有什么性命危险，但是右臂却成了残废，不能再用它工作。大夫极力叫他静养，因为受险的人，不但肉体上受了重伤，就是轻伤的人，他的精神也受到大惊恐，起了大变化。何况余朝晖又折了一只右臂呢?

　　在前一个礼拜里，他完全在昏沉疼痛里过着，发热呓语，痛苦万状。过了两个多礼拜才渐渐清醒，才想起方碧容来。他问看护的时候，知道已经过了脱险半个多月了。他要给孙雁行写信，可是写不了，根本手成了残废。而且大夫一再嘱咐他不准动弹。他无法，只有躺着。心里想到方碧容，实在心焦。后来又一想，放下就放下吧，自己已经成了残废，即或方碧容能够跟自己，而自己是否能给她幸福，也是问题。想到这里，心里淡然了好多。

　　又过了一个礼拜，别处轻伤完全好了，左手已经能代替右手干些工作了，不过不甚利落，而且也不能工作太久了。他心里仍然想念方碧容，他想："我到徐州来，雁行一定对碧容说的，那么遇到撞车，她一定也会知晓，这时她也许在失望里又把我忘了吧。假如真的忘了倒也少了许多麻烦。"

　　又过了一个礼拜，大夫允许他可以出院，不过仍然要静养些天。幸而徐州有个熟朋友，叫他搬到朋友家里去。他怕不方便，遂在他朋友家不远的地方租了两间房子，地方靠着郊野，非常清静，对于养病是非常合宜的。偶尔也写点儿文章，用他的左手写，由他的朋友带到报馆去发表。

　　这天，余朝晖正在床上躺着，忽然方碧容竟会找了他来，他一见非常喜悦。

原来方碧容怀着一腔愤恨，来到徐州。她也不知余朝晖的住处，她留心报纸，见有余朝晖的稿子，遂向报馆打听，得到余朝晖的住处，这才找到他。

她想："他毁了我，一个人跑到这里享清福来了。"她愤恨异常。余朝晖见了她，还以为她是私奔来的，忙起来迎接。

方碧容却厉声道："你把我毁了，一个人跑到这里来。你剥夺了我的尊严，叫我不能立足在人世间，死后还背着一个淫浪的罪名。你简直是刽子手，没有良心的冷血动物。我先毁灭了你吧，我多少日子的怨恨没有出啊！"说着竟掏出一把手枪来。

余朝晖一看，莫名其妙，连忙说道："你放下，我们慢慢谈。我不明白你的话……"

方碧容冷笑道："你不必装傻，现在任何甜言蜜语都没用了。对不住，我要报仇了。"说着举起手枪，向余朝晖瞄准。

余朝晖一看，吓得面无人色，忙道："不要这样！"

他连忙要过去夺她的手枪，可是他的右臂到底不灵敏。方碧容以为他要加害自己，一撤身，砰的一声，余朝晖倒在地上了，立刻鲜血涌出来。余朝晖一手抚着脑，伏在地上，他努力翻过身来，痛苦异常，呻吟不止。

方碧容见他还没有死，痛苦的样子，实在难受。她的手发抖，有心再给一枪就打死他了，这枪却举不起来了，她怔在那里。

余朝晖喘息着道："容，我死在你的手里，虽死亦无恨了，不过你，不明白我的心，你，哎，你看我的日记吧……"底下的话说不出来了。

方碧容一听，连忙撬开他的抽屉，翻开日记，只见上面写着："自从撞车遇险，已经一个多月没有写日记了。但也没有什么可写，

214

回想以前，真和梦忆一样。现在对一切事物都淡薄，心里挂念不忘者，唯有碧容一人而已。现在活在人间，也不过为了碧容。我的那点安慰，不忍抛掉，即或她不再见我，我也要温存到死，我已经是残废人了，相信碧容不会因为我残废而不要我吧。可是我还能给她什么幸福呢?"

方碧容看到这里，手便出了汗，她不知是怎么一回事，想问余朝晖，余朝晖已经不能说话。她又急忙翻开一月前的日记一看，这才完全明白。她后悔了，她悲痛到极点，活生生的爱人被自己打死，她是多么难过呢。

她哭了，忙伏在血地上叫道："朝晖，朝晖! 亲爱的，我错了，你能宽恕我吗?" 她哭得不能成声。

余朝晖略睁开眼睛看她，表示原谅她。

方碧容悲切地道："朝晖呀，你不能离开我呀! 我一定跟你去! 你先原谅我吧，我们至死也要相爱。"

余朝晖这时面色苍白，呼吸紧促得厉害了。方碧容一看，知道已经无救，心中好似刀绞一样，慢慢地把手枪拾起来，嚷道："晖，等着我，我们一块儿去吧。"

说着，余朝晖已经失去知觉，只听砰的一声巨响，一个重的东西倒在自己的身上，两个人伏在血泊中死去了。

这时外面的人听见枪声，十分奇怪。立刻跑来开门一看，血泊中倒着一男一女，已经死去。旁边扔着一本日记，日记里夹着一张从报上剪下来的稿子，是一首诗，最后两句是：今生未种相思草，来世应为连理枝。

他们急忙把余朝晖的朋友找了来，他也不知怎么一回事。看了余朝晖的日记，推测那女人一定是方碧容了。又一看方碧容的居住证，果然是她。他想他们一定是为情而自杀的，不免唏嘘久之，悲伤不已。而报官相验，把他们装殓起来，葬埋在一处，立了一个碑，刻着：情侣余朝晖方碧容之墓。他们总算做了连理枝。

　　书说至此，便告结束。

图书在版编目（CIP）数据

望海潮·红叶谱／耿郁溪著. －－北京：中国文史
出版社，2021.3

（民国通俗小说典藏文库. 耿郁溪卷）

ISBN 978－7－5205－2743－9

Ⅰ. ①望… Ⅱ. ①耿… Ⅲ. ①长篇小说－中国－现代
Ⅳ. ①I246.5

中国版本图书馆 CIP 数据核字（2020）第 246359 号

责任编辑：蔡晓欧

出版发行：中国文史出版社

社　　址：北京市海淀区西八里庄路 69 号院　　邮编：100142

电　　话：010－81136606　81136602　81136603（发行部）

传　　真：010－81136655

印　　装：北京新华印刷有限公司

经　　销：全国新华书店

开　　本：720×1020　1/16

印　　张：14　　　　　字数：158 千字

版　　次：2021 年 3 月第 1 版

印　　次：2021 年 3 月第 1 次印刷

定　　价：55.00 元